KB177834

기도를 위하여

기도를 위하여

김말봉과 박솔뫼

소
설

잇   다

작가
정신

이 책에 대하여

'소설, 잇다'는 최초의 근대 여성 작가 김명순이 데뷔한 지 한 세기가 지난 지금, 근대 여성 작가와 현대 여성 작가의 만남을 통해 한국 문학의 근원과 현재, 그리고 미래를 바라보자는 취지에서 기획한 시리즈입니다.

이 시리즈의 큰 특징은 강경애, 나혜석, 백신애, 지하련, 이선희 등 활발한 작품 활동을 이어나갔으나 충분히 회자되지 못한 대표 근대 여성 작가들의 주요 작품을 오늘날 사랑받는 현대 작가들을 통해 새롭게 바라본다는 것입니다. '소설, 잇다'는 해당 작품들의 의의를 다시 확인하고, 풍요로운 결을 지닌 현대 작가들의 소설과 함께 읽는 재미까지 더하고자 합니다.

김말봉은 1930년대 식민지 시기 독보적인 스타일로 혜성같이 등장한 베스트셀러 작가입니다. 순수소설만을 인정하던 당시 문학계에서 스스로 대중소설가임을 당당히 선언하되 흥미 본위의 통속 소설에 함몰되기를 경계했습니다. 그러면서도 공창제 폐지 운동을 벌이는 등 여성의 인권 수호에 앞장섰으며, 글을 통해서는 연애와 결혼에 관한 내용뿐만 아니라 사회주의와 아나키즘 또한 담아냈습니다. 식민지 조선의 상황을 타개하고자 분투하는 모습은 일종의 숭고함마저 전해주고 있는데, 수록작 「망명녀」에도 이러한 주제의식이 잘 드러나고 있습니다.

박솔뫼는 『머리부터 천천히』부터 『미래 산책 연습』에 이르기까지 실험적 서사와 문체로 고유한 문학적 성취를 쌓아왔습니다. 그는 시공간의 구분과 의식과 무의식의 경계가 사라진 영토 안에서 오히려 선명하게 우리의 과거와 현재, 미래가 감지되는 아이러니한 발견을 보여주었습니다.

언뜻 보면 양 극단에 선 듯한 김말봉과 박솔뫼는 기존 소설의 틀에서 과감히 벗어나 독창적인 문학의 자리를 마련했다는 점에서 서로 닮아 있습니다. 두 사람은 사회와 역사의 긴장 관계를 놓지 않고 여러 모순적인 상황들을 구체적인 개인의 삶으로 옮겨와 '오늘의 이야기'로 들려줍니다. 나는 누구이며 어디로 향해가는지 되묻는 인물들은 우리로 하여금 과거를 돌아보고 현재를 반추하게 합니다.

경계를 넘나드는 사유와 예측할 수 없기에 더욱 강하게 끌어당기는 이야기의 힘. 이렇듯 두 작가는 소설이 지닌 가장 긴요한 가능성을 통해 미래로 걸어가는 또 하나의 '연습'을 묵묵히 해나가고 있습니다.

편집부

차례

이 책에 대하여

4

일러두기

* 모든 작품은 발표 당시의 것(신문, 잡지 연재본)을, 연재 미확인 작품은 출판사 발행 초판본을 저본으로 삼았고 출처는 본문의 마지막에 명기했다. 또한 발표 연대별로 작품을 수록했다.

* 본문은 현행 한글맞춤법과 외래어표기법에 따랐으나, 작품 분위기에 영향을 주는 구어체 표현, 방언, 일본어, 의성어, 의태어 등은 최대한 원문을 살렸다.

* 원문의 문장 표기는 현행 표기에 맞게 고쳤다. 대화나 인용은 " ", 생각이나 강조는 ' ', 책 제목은 『 』, 글 제목은 「 」, 잡지나 신문의 이름은 《 》, 영화, 연극, 노래 등은 〈 〉로 통일했다.

* 원문의 한자는 가급적 한글로 바꾸었고, 작품 이해를 위해 필요한 경우에는 한자를 병기했다.

* 원문에서 판독할 수 없는 부분은 □로 표시하고, 기타 부호는 원문에 있는 대로 표시했다.

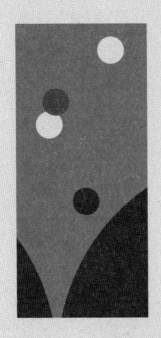

김말봉

"선생은 무엇 때문에 소설을 쓰십니까?"라는 한 평론가의 질문에 김말봉은 거침없이 "돈 벌려고 쓰지" 하고 답했다. 이어 "누가 뭐래도 소설은 재밌어야 하고 널리 읽혀 독자들에게 선의의 감동을 줘야 한다"고 말했던 그는 '순수 귀신을 몰아내라'고 일갈하며 대중소설가를 선언했다. 순수/통속의 이분법적 잣대로 재단하던 시대에 문학은 대중의 것이어야 한다고 주장했던 소설가. 여성의 지위 신장과 인권 보호에 앞장선 여성운동가. 그리고 한국 최초의 여성 장로, 김말봉. 평론가 백철이 "신문 소설의 백미"라는 극찬을 아끼지 않았던 그의 소설은 1930년대 중반 『밀림』과 『찔레꽃』이 연재될 당시 신문 발행 부수가 배로 뛸 만큼 폭발적인 인기를 끌었고 1960년까지 한 세대 가까이 유지되었다. 그만큼 대중의 마음을 오래 사로잡았으면서도 흥미 본위의 통속 소설과는 선을 그었던 그는 인도주의 사상과 작가적 성실성을 잃지 않았다.

딸만 넷을 둔 집안에서 막내딸로 태어나 '끝뫼'라는 뜻의 '말봉'이라는 이름을 얻었고 소학교에 들어갈 때까지 사내아이처럼 자랐다. 정신여학교를 졸업하고 황해도 안악에서 교편을 잡았다가 교토 도시샤대학 영문과를 졸업했다. 3·1운동 때 시위대의 선두에 섰다가 구금되기도 했다. 해방 후에는 공창 폐지의 입법화에 앞장섰으며 이때의 경험을 토대로 『화려한 지옥』을 집필했다. 일본어로 글을 쓸 것을 요구하는 일제에 맞서 절필을 선언했고, 박애원을 경영하고 소녀 단체 봉사 활동에 나섰다. 인간에 대한 애정과 신념, 새로운 공동체에 대한 갈망이 있기에 가능한 일들이었다.

그의 소설 속 인물들은 주로 어머니, 딸, 아내 등으로 당대 여성들의 생활상과 욕망을 보여준다고 평가받는다. 때로 순종적이고 남성 의존적인 모습을 보인다는 비판을 받기도 하지만, 기생 신분이던 여성이 사회주의에 눈뜨면서 자아를 찾아가고(「망명녀」) 두 여성들 간의 연대와 남성 인물의 희화화를 통해 축첩의 부도덕성을 비판하는 등(「고행」) 주체적인 여성상을 제시했다. 또한 가부장적인 인습과 공창으로 인한 여성의 참혹한 현실을 그려내며(『화려한 지옥』) '순수 귀신'에 현혹되지 않는 '참여 문학'의 당위성을 주장했다.

철저하고 독실한 기독교인이었던 김말봉은 1961년 2월 9일 지병인 폐암으로 병원에서 운명하던 때에도 친척들과 찬송가를 부른 뒤 조용히 눈을 감았다. "내가 죽으면 이 세상에서 가져갈 것은 오직 성경밖에 없다"고 평소 입버릇처럼 말해왔던 그였지만, 반대로 그가 세상에 남긴 것은 넓고도 깊었다.

소설

*

망명녀

　이야기는 내가 본국서 어느 요리점 기생으로 있던 때로부터 시작이 된다. 어느 날 밤 열두 시가 훨씬 넘었을 때입니다. 명월관 이 층에서는 전처럼 손님이 오륙 인이나 남아 있어서 2차회격 식으로 새로이 흥풀이를 하고 있었습니다. 나는 그날 저녁에는 어쩐지 몸이 찌더분하고 골증이 더럭더럭 나서 일찌감치 자리로 가서 누워버렸으면 하는 생각뿐이었습니다. 그래 주인마누라에게 말을 하였고 아래층 내 방으로 와서 누워버렸지요. 조금 있으니까 아니나 다를까 보이가 와서 손님이 나를 찾는다고 기어코 나오라는구면요. 그래 아파서 못 가겠으니 오늘 저녁은 용서하여 달라고 사정을 아니 하였어요. 보이는 그냥 돌아갔습니다. 나는 이불을 푹 쓰고 죽은 듯이 눈을 감고 있으려니까 골

치가 푹푹 쑤시며 그저 사지가 녹아나는 듯 아파
옵니다. 나는 앓는 소리가 입 밖으로 나오려는 것
을 억지로 참고 잠만 청하고 누웠으니 문이 벙싯
열리며 이번에는 주인마누라의 목소리입니다.

"이애 산주야 어디가 아프니? 모처럼 손님이 오
셔서 너를 부르시는데 웬만하거든 일어나려무나."

언제나 돈푼 생길 만한 손님의 비위를 맞추려면
의례히 내게다 기름을 바르는 것이 밉살스러워서
못 들은 척하고 누워 있으니까 이번에는 내 귀에
다 대어놓고

"얘야, 오늘 저녁만 꾹 참고 가다오. 그러면 내일
이라도 박 의사 말대로 약을 가지고 온양 온천으
로 가서 한 보름 쉬도록 할 테니……"

이 말에는 아닌 게 아니라 나는 눈이 번쩍 뜨입
니다.

"아주머니 건 정말이지요?"

"암 여부가 있나, 내가 자네에게 거짓말하겠나?"

하며 팔을 잡아 일으킵니다. 나는 속으로

'네 버릇 개 주려고?'

하면서도 못 이기는 척하고 슬며시 일어나서 경
대를 잠깐 들여다보고 위층 7호실로 들어갔습니

다. 바로 술잔이 오고 가고 웃고 지껄이고 한창 흥
이 돈 모양입니다. 나는 들어가면서 인사를 하고
한옆에 앉았노라니 전에 못 보던 양복장이 하나가
자꾸만 계심이를 껴안으려 하는데 계심이는 웬일
인지 골피를 잔뜩 찌푸려가지고

"노셔요, 노셔요."

하면서 술주전자를 들고 일어서려니까 그 손님
은 또다시 계심이 입술에다 입을 맞추면서

"고것 예쁘다, 고것 참 참하다."

하는 말이 남도 사투리로 꼭 일본말처럼 하는
것이 하도 우스워서 나는 그만

"호호."

하고 웃어버렸지요. 양복장이가 힐끗 나를 보더
니 이번에는 계심이를 놓고서 옆에 있는 세루두루
마기 자리를 꾹 찌르며

"여보게 저 색시 이름이 뭔가?"

"아아, 저 기생 말이오? 그게 '산호주'라고 하는
이 집 '스타'랍니다. 여봐 산호주 이 손님에게 인사
드려. 이분은 서양서 여러 해 공부하시고 바로 한
달 전에 나오신 어른이여. 저 대구 양필상 씨 조카
님이여."

나는 속으로

'작자의 몰골이 꼭 서부 활극에 나오는 부랑자 같으이.'

하면서

"안녕하셔요, 저는 최산호주랍니다."

하니까 양복장이는 싱글벙글 웃으면서

"그 참 시원시원하이. 얼굴이 아주 모던인데! 산호주, 자네 내게 술을 따르게."

나는 몸이 으스스하고 하품이 나오는 것을 겨우 참고서 술을 쳤습니다. 저편에 앉았던 오 주사라는 이가 혀 꼬부라진 소리로

"여봐 산호주, 노래 하나 하게나. 무엇이든지 좋으니 자 나온다, 좋다!"

나는 갑자기 머리가 핑 하면서 속이 뉘엿뉘엿하여 대답도 미처 못 하고 한 손으로 머리를 짚고 가만히 앉아서 진정을 하노라니까 갑자기 오 주사가 온 방 안이 떠나갈 듯 큰 소리로

"왜 사람이 말을 하는데 가만히 앉았어. 말이 말 같지 않아서 그래? 건방지게?"

오 주사는 흥분하여 숨소리가 씨근씨근합니다. 나는 겨우 머리를 들고

"용서하세요, 제가 오늘 저녁에는 몸이 좀 고단해서 그럽니다."

"무엇이 어째? 금세 다른 손님에게 갖은 아양을 다 부리더니 갑자기 몸이 아파? 내게는 아무렇게나 버무려 넘기면 그만인 줄 아나? 여기에 올 때는 유쾌하게 놀다 가려고 온 것이여. 너를 부른 것은 공연히 부른 것이 아니며 이 좌석 여러 사람을 다 같이 기쁘게 하기 위하여 일부러 돈을 주고 불렀어. 아주 여럿이 바로 저를 귀애하니까 쬔 듯싶어서…… 어 담부터 그 따위 버릇은 다시는 하지 말란 말이야."

하고는 좌중을 향하여 하나씩 웃습디다. 나는 금시로 속에서 무엇이 뭉클하고 올라오는 것 같습니다. 그 자리에 더 앉아 있으면 금시에 기겁을 하여 죽을 것만 같아서 벌떡 일어섰습니다. 막 문을 열고 나오려니까 무엇이 목덜미를 왈칵 잡아다가 자리에다 메칩니다. 나는 기운에 부치어 뺑뺑이를 한번 돌고 자리에 고꾸라졌습니다. 나는 분하고 부끄러워 얼른 일어나 앉으려니까 그 오 주사가 손가락으로 내 아래턱을 거두면서

"방정맞은 계집 같으니라고. 하고 배워먹지도

못한 것이 이것이 다 기생이냐, 이따위가 명월관 스타야? 누구 앞이라고 포달*을 부리고 나가 응?"

하고 또다시 턱 밑을 거듭니다.

나는 이때 내 귀에서 금시로 폭포가 내려 쏟아지는 듯 귀가 울고 내 눈앞에서는 바닷물이 산을 삼키고 큰 나무가 바람에 불려 가지가 꺾어지고 뿌리가 뽑히며 산꼭대기에서 바윗돌이 굴러떨어지는 것 같습니다. 나는 호흡이 막히고 사지가 꼿꼿하여지는 것을 느꼈습니다. 아마 그것이 지독한 히스테리인 모양이에요. 나는 이를 부드득 갈면서

"무엇이 어째? 이 건방진 자식아, 누구에게다 주정을 하여?"

하고 오른손을 들어 오 주사의 뺨을 힘껏 갈겼습니다. 그러나 그 손은 오 주사의 억센 주먹 안에 들고 말았습니다. 그 대신 내 얼굴에는 오 주사의 거센 손바닥이 두세 번 지나갔습니다. 나는 힘을 다하여 내 한 손을 빼어가지고 곁에 있는 술주전자를 들고서 힘껏 오 주사의 머리를 때렸습니다. 이때 여러 사람들이 나를 말리는 모양입니다. 나

---

* 암상이 나서 악을 쓰고 함부로 욕을 하며 대드는 일.

는 귓전에

"산호주가 미쳤구나."

하는 동무의 목소리를 들었습니다. 나는 그 순간 말할 수 없는 쾌감을 느꼈습니다. 과연 나는 미치고 말았으면 하는 생각을 하루에도 몇십 번이나 하였던지요. 스스로 내 목숨을 잘라버릴 용기가 없는 나는 차라리 내 감정과 관계없는 생활을 하고 싶었습니다. 미쳐가지고 모든 고통을 잊었으면 미쳐가지고 하고 싶은 말과 가슴에 서린 분풀이를 실컷 하고 말았으면 하는 공상에 몇 번이나 취하였던지요. 나는 오늘 그러한 내 욕망을 이루는구나 하는 생각이 몹시도 나를 유쾌하게 만들었습니다. 나는 그때 흐르는 코피를 수건으로 씻고 있는 오 주사를 쳐다보고 빙긋 웃었습니다. 오 주사는 다시

"저년이 미쳤어."

하고 다리를 번쩍 들어 나의 가슴을 차려 합니다. 나는 맹호처럼 그 다리에 매달렸습니다. 물고 꼬집고 쥐어뜯었습니다. 마치 이십삼 년 동안 나를 못 견디게 굴고 나의 자유를 빼앗고 나의 건강을 짓밟고 나의 고운 몸에다 더러운 병균을 집어

다 넣은 그 흉악한 대상이 지금의 오 주사인 것 같
았습니다. 오 주사는 나의 멱살을 잡고 아래층으
로 내려왔습니다. 여러 사람이 말리면 말릴수록
나의 전신은 시뻘건 불덩어리가 이글이글하는 듯
평일에 없던 용기가 백배가 더 났습니다. 나는 찻
종이고 그릇이고 과일이고 간에 내 손에 잡히는
대로 오 주사를 때렸습니다. 누가 불러왔는지 순
사가 와서 나를 데리고 구경꾼을 헤치고 밖으로
나갔습니다.

*

　내가 주인마누라에게 안동이 되어 명월관으로
돌아온 지는 새벽 세 시가 훨씬 넘어 □은 여름밤
은 벌써 새려 하는 때였습니다. 나는 나무둥치처
럼 아무 감각이 없는 몸을 끌고 어제저녁에 내 손
으로 펴놓았던 그 자리에 가서 누워버렸습니다.
시간이 얼마나 되었는지 보이가 무엇이라고 지껄
이는 바람에 눈을 떠보니 저녁노을이 서창에 붉게
타고 있었습니다. 나는 머리맡에 있는 명함을 집
어 들었습니다.

'오늘 저녁에 가리니 만나주기를 바랍니다. 옛날의 형✳ 허윤숙, 최순애 아우에게.'

나는 참으로 놀랬습니다. 잊어버린 지 오래되는 옛날의 벗 허윤숙이로부터 또한 거의 잊혀져가는 나의 옛 이름 순애를 불리우는 것이 돌아가신 어머니를 만난 것처럼 몹시도 반갑고 서러웠습니다. 나는 혼자서

"최순애, 최순애."

하고 연거푸 불러보았습니다.

눈물이 줄줄 흘러서 베개를 적시는데 추억의 줄은 팔 년 전 옛날로 달리고 있습니다.

팔 년 전 내가 C여학교 3년급 때입니다. H예배당 장로인 내 아버지가 K라는 서양 부인의 어학교사로서 얼마 안 되는 수입을 가지고 우리 남매와 계모까지 네 식구가 먹고살았겠다. 그 K부인의 주선으로 나는 C여학교의 수강생이 된 것이다. 그해 허윤숙이라는 상급생과 사랑하는 형제를 맺어가지고 나도 남들이 하는 것처럼 선물을 몹시 보

✳ 언니.

내고 싶어서 K모 부인의 돈 십 원을 훔친 것이 그만 발각이 되었겠다.

'아아, 그때 끝까지 모른다고만 하였더라면……'

그러나 나는 너무나 어리석어서 김 선생의 울면서 드리는 그 기도, 그리고 내게다

"네 영혼을 구원하기 위하여 자백을 하여라. 회개하는 마음으로 자백만 한다면 예수께서 너를 사하실 것이 아니냐? 그러면 학교에서도 너를 용서할 생각이다."

라는 꿈 같은 거짓말에 나는 그만 자백을 하여 버렸지. 그날로 학교에서 쫓겨 나온 나는 나 때문에 명예와 직업을 한꺼번에 잃어버린 아버지를 대신하여 네 식구의 주림을 등에 지고 직업을 얻으려 가두*로 헤매는 몸이 되었겠다.

그러나 도둑질하여 출학 맞았다는 낙인이 찍혀 있는 나에게는 아무런 취직의 문이 열리지 아니하였다. 그리하여 나는 최후로 여자라는 특권 밑에서 이 구렁으로 들어오고 만 것이다.

아아 그만하여도 짓밟힌 팔 년의 세월이 □ □

* 도시의 길거리.

□처럼 몰고 말았구나. 팔 년 전 이 몸은 얼마나 깨끗하고 빛나는 희망과 자랑을 가득히 싣고 있었던고. 그러나 지금의 나? 나는 생각의 나래가 현실로 돌아올 때 악몽에 놀란 사람처럼 진저리를 치면서 일어났습니다. 미국서 일전에 돌아왔다고 신문에서 사진까지 내어 떠들던 그 허윤숙이가 나같이 버림을 받은 여자를 찾아 무엇하려노? 정말 올까? 무엇 하러?

그러나 나는 경대 앞에서 바쁘게 얼굴과 머리에 손질을 하였습니다. 전등이 켜졌습니다.

"바로 이 방입니다. 다른 사람은 없습니다."

보이의 목소리가 들리면서 문이 스르르 열립니다. 거기에는 팔 년 전 그때보다도 훨씬 노숙하여진 허윤숙 그가 아무 말도 없이 나를 들여다보고 섰습니다. 나는 일부러 침착하여

"하실 말씀이 있거든 들어오시지요."

하면서 웃어 보였습니다. 윤숙이는 참을 수 없는 듯이 달려들어 내 목을 안고 울면서

"순애 이게 웬일이요? 그래 엊저녁에 과히 다친 데나 없우? 나하고 병원으로 가요."

"나는 자유로 외출을 못한답니다. 주인의 승낙

없이는……"

이렇게 대답을 한 나는 설움이 북받쳐서 그 가슴에 기댄 채 소리를 내어 울었습니다. 윤숙이는 자기 뺨을 내 얼굴에 대이며

"순애, 울지 말어. 너는 이제부터 자유의 몸이다. 주인이 청하는 대로 삼백 원을 지금 막 치르었다. 보아라, 이게 영수증이다."

나는 그의 손에서 착착 접은 종잇조각을 내 눈으로 읽기까지는 도무지 윤숙의 말을 믿을 수가 없었습니다. 그러나 한 시간 안에 우리를 실은 자동차가 가회동에 있는 윤숙이의 집 앞에 도착하였습니다. 꿈에서 꿈을 보는 듯한 그 밤은 윤숙이와 이야기로 새웠습니다.

"언니가 어떻게 그리로 절 데리러 오셨어요?"

"애 내가 귀국하자 바로 네 소식을 알아보았지. 네가 그러한 곳에 있다는 말을 들은 그날부터 너를 구해내려고 결심하였단다. 혹시 그 집 앞을 지날 적에는 행여나 하고 유심히 그 집을 쳐다보고 다녔지. 어제저녁에는 먼저 학교 선생들하고 한강 뱃놀이를 하고 늦게야 돌아오는 길에 네가 어떤 사람과 그렇게 싸우고 있더구나. 나는 어젯밤

뜬눈으로 너를 데려올 생각만 하다가 결국 학교로
가서 여러 가지로 간청해서 돈을 구변하여 가지고
그리로 간 것이다."

"언니, 그건 그렇고 내가 C학교에서 쫓겨 나오
던 날 내가 언니 있는 방을 돌아다보고 또 돌아다
보고 걸어 나온 것을 아셨어요?"

"얘, 말 말아. 그날 나는 하루 종일 사 층 꼭대기
에서 울었단다. 눈이 퉁퉁 부어서 식당에도 못 가
고 네게 이제 하는 말이다마는 네가 그 실수를 한
뒤에 학교에서는 출학을 결정했다는 말을 듣고 돈
십 원을 가지고 민 교감에게로 안 갔더냐. 막무가
내더구나. 마지막에 나는 '그렇다면 예수가 죄인
을 위하여 죽었단 말을 어떻게 믿을 수가 있습니
까? 만약 예수가 참말 회개하는 자를 구원하신다
면 학교니까 그 애를 용서하는 것이 마땅한 줄로
압니다.' 이렇게 지르니까 민 교감은 뿌린 씨는 자
기가 거둬야 된다느니, 하나님은 영혼을 구원하여
주시되 육신으로는 죗값을 갚아야 한다는 둥 하나
님은 자비하시지만 또한 공평한 하나님이시라는
둥, 자기 웅변에 취하여 이러한 설교를 한참 하고
끝으로 너는 학교 당국에서 하는 일에 입을 벌리

지 마라 하는 최후의 명령을 하지 않느냐. 나는 어처구니가 없어서 그냥 내 방으로 돌아오고 말았단다."

밖에서는 닭들이 홰치는데 동창이 훤한 것을 보고 우리는 새로이 잠이 들었습니다. 윤숙이는 시내 R학교 가정과 담임선생이라 의례히 궁전 같은 R학교 기숙사로 들어갈 것이로되, 그러지 않고 그는 근 십 년을 외국에서 지나고 보니 조선 정조가 그리워서 □□□ 조그마한 집을 하나 사가지고 시골 계신 혼자된 고모님을 모셔다가 아주 간단한 살림을 하고 있었습니다. 아침 밥상이 나간 후 윤숙이는 나를 보고

"순애, 나는 지금 학교로 가니까 종일 누워서 좀 쉬어요. 이제부터는 몸조리도 하고 정신도 수양하도록 하자. 심심하거든 책이나 보고."

하고 그는 총총히 나갔습니다.

나는 그날 하루 종일 마치 첫 방학에 집에 돌아온 학생처럼 몹시도 상기되었습니다. 윤숙이 고모님이 들고 앉아 있는 저고리도 같이 거들고 마루도 닦아보고 책상 앞에 앉아 글도 써보았습니다. 내가 이렇게 자유의 몸이 되어 돌아온 것을 아버

지가 보았으면 오죽이나 기뻐하실까 생각하니 이
태 전에 돌아가신 부친이 새로이 그리워 눈물이
흘렀습니다. 하학이 되어 종종걸음으로 돌아오는
윤숙이를 내 역시 버선발로 뛰어나가 맞았습니다.
이렇게 □□ 같은 기분으로 삼사 일을 보냈습니
다. 윤숙이가 학교에 간 후면 나는 윤숙이 고모를
따라 부엌에 내려가보기도 하며 바늘도 쥐어보기
도 하나 긴긴 하루를 보내기에는 너무도 지루하였
습니다. 책장에 있는 책을 이것저것 빼어 보았으
나 모두가 나에게는 소경 단청*인 서양 말이요 성
경 같은 조선말로 된 것도 있으나 아무런 흥미를
느끼지 못했습니다. 나는 갑자기 담배 생각이 납
니다. 윤숙이 고모는 담배를 피우지 않는 모양이
라 집 안에 담배는 보이지 않습니다. 나는 윤숙이
에게 미안한 줄도 알면서 주머니 속에 있는 푼돈
을 가지고 '가이사' 한 갑을 사가지고 와서 거푸 두
개를 피웠습니다. 어느 날 저녁 윤숙이는 나를 보고
　"순애 너 담배 먹지?"
　나는 대답 대신으로 빙긋 웃었습니다.

　　*　소경 단청 구경하기. 보아도 이해하지 못할 것을 본다는 뜻.

"애야 아서라. 너는 모든 과거를 짓밟아버려야 한다. 말살해버려라. 흑암의 생활에서 지내온 것은 흉내라도 내지 말아라, 응? 정 무엇하면 인단이라도 씹어보렴."

윤숙의 말은 간절하였습니다. 나는 다시는 안 피우리라고 약속을 하였습니다. 그러나 그다음 날 또 그다음 날 닥쳐오는 담배의 유혹은 드디어 나로 하여금 윤숙이의 눈을 피하여 흡연하도록 만들었습니다. 그뿐만 아닙니다. 내가 명월관에서 나온 후 얼마 동안 기분 전환으로 잠깐 잊어버렸던 모르핀의 악습이 다시 나를 찾아오는 것입니다. 나는 이것만은 어떻게 해서라도 이겨보려고 하였습니다. 윤숙 언니께 미안하다는 것보다도 내 자신이 이것 때문에 파멸될 줄을 잘 안 까닭입니다. 그러나 내 힘으로 이것을 단념하기에는 너무도 깊이 중독이 되어 있었습니다.

하루는 윤숙이가 학교에 가고 없는 틈을 타서 나는 상자를 열고 약병과 침을 꺼냈습니다. 나는 전처럼 내 손으로 찌른 후에 약병과 침을 상자에 도로 갖다 넣고 안방에 누워서 유쾌한 낮잠을 잤습니다. 이것이 도화선으로 나는 거의 날마다 빼

지 않고 이것을 하였습니다. 사실 나는 나대로 윤숙이를 향하여 마음속으로

'형님 당신은 어쩌면 그렇게 깨끗하고 고상한 인격자입니까? 그러나 당신이 모처럼 구해다 놓은 나는 이 꼴입니다. 나는 어쩌면 구원을 얻을까요.'

이렇게 부르짖은 것이 한두 번이 아니었습니다. 그러나 윤숙이의 말대로 새로운 생활을 하지만 과연 그 새로운 생활의 목표가 무엇인지 나는 몰랐습니다. 기린 같은 숙녀의 생활은 나에게는 너무나 거리가 멀고 참회하는 여승의 감정을 갖기에는 내 정서가 너무 말라버렸습니다. 하루는 전처럼 문을 닫고서 침을 꺼냈습니다. 왼편 팔에서 막 침을 빼려니까 문이 벌컥 열리며 날카로운 윤숙이의 목소리가 들립니다.

"얘 순애야, 이게 무슨 짓이냐? 네가 이렇게까지 타락하였단 말이야?"

그는 며칠 전부터 나의 이상한 행동에 눈치를 챈 것입니다. 그래서 이날은 일부러 학교에 가는 척하고 나갔다가 들어온 것입니다. 나는 천연스럽게

"형님 글쎄 나는 이렇답니다. 형님이 암만 나를 옛날 순애로 만들려고 하여도 헛고생입니다. 내버

려두세요. 나 같은 년이야 죽든 살든……"

나는 이렇게 부르짖고서 약병과 침을 한편에다 밀어버리고 그대로 누워 잠이 들었습니다. 그 후로 나는 윤숙이의 우울한 얼굴을 볼 때마다

'아무렇게나 되어가는 대로 되어라.'

내 마음에는 이러한 자포가 생기게 되었습니다. 나는 그때부터 윤숙이 보는 데서도 궐련*을 뻑뻑 빨았습니다. 그럴 때에는 윤숙이는 그저 먼 산만 바라볼 뿐이었습니다. 하루 저녁은 윤숙이가 나를 조용히 불러다 놓고

"얘 순애야, 네가 원 그렇게 내 속을 몰라주니? 내가 그 저녁에 너의 당하는 그 광경을 보고서는 내가 너를 그 몹쓸 곳에 쓸어 넣어가지고 네게다 갖은 모욕과 학대를 당하게 한 것만 같았구나. 그래 밤새도록 잠 한잠 못 자고 생각하면 생각할수록 너를 구원하기 전에는 이 큰 죄를 벗어날 길이 없는 것 같더라. 내게 있는 모든 것을 바쳐 너를 구원할 정성이 없으면 내 신앙은 헛것이다. 하나님의 뜻은 아흔아홉 마리 양보다 잃어버린 한 마리

* 얇은 종이로 말아놓은 담배.

의 양을 찾는 데 있다. 지금이라도 너를 기다리고
있는 하나님 앞에 나가자……"

그는 이렇게 목멘 소리로 기도하기를 권하였습
니다. 나는 이렇게까지 고마운 그이의 말을 저버
릴 수가 없어서 그날 저녁부터 기도를 시작하였습
니다. 그러나 기도를 드리기에는 내 정신은 너무
도 산만하고 피곤하였습니다. 십여 년 전에 하던
입버릇으로 기도라고 중얼거리면 그것은 마치 내
자신의 귀에 막대기로 시멘트 바닥을 때리는 것
같이 반응이나 감흥이 일어나지 않았습니다. 나는
할 수 없이 아이들의 숨바꼭질 장난 같은 기도를
그만두고 말았습니다.

그 후 어느 날 윤숙이는 강제로 약병과 침을 감
추어버렸습니다. 나는 주사 맞을 시간이 되었습니
다. 전신에 경련이 일고 등이 터지는 것 같고 사지
가 오그라드는 것 같습니다. 나는 체면도 염치도
다 달아났습니다.

"여보 댁더러 누가 날 이리로 데려오랍디까? 이
꼴을 보니까 재미있지요? 지렁이는 수챗구멍이
좋지요, 나는 갑니다."

하고 밖으로 뛰어나갔습니다. 윤숙이는 버선발

로 따라 나와 빌듯이 나를 달래가지고 방으로 데리고 가서 침과 약병을 내어줍니다. 나는 그것으로 아무 데고 간에 막 찔렀습니다. 그러고는 또 잠이 들었지요. 윤숙이 얼굴에는 차츰 실망의 빛이 떠돌았습니다. 일요일이면 반드시 윤숙이와 같이 가던 교회 참석도

"예배당에 가면 모다 나보다 잘나고 행복스러워 보이는 것이 불쾌하여 어데 앉을 수가 있어야지."

이러한 관계로 교회 출석도 겨우 석 달 후에 중지하여 버렸습니다. 나는 차차로 지나간 생애를 돌아보게 되었습니다. 암흑의 천지, 아무 거리낌 없는 방종한 쾌락, 짓밟히고 농락을 받는 그 씁쓸하고 달콤한 환락의 밤이 그리워집니다. 내 눈앞에는 술이 붉어진 사나이들의 눈과 눈, 힘센 팔, 허덕이는 숨소리, 푸르고 붉은 술잔, 새 장구 소리에 맞춰 나오는 '좋다' 하는 소리가 귀에 들리고 눈에 어른거립니다. 나는 몸서리를 치면서 할 수 없는 내 운명을 저주하였습니다.

*

　이러는 동안에 어느덧 가을도 깊어졌습니다. 내
생애에 일대 전환은 이로부터 시작됩니다. 일본서
돌아온 윤숙이의 애인 윤정섭이라는 청년이 이 집
에 출입한 뒤로 내 앞에 새로운 세계가 전개되었
습니다. 윤숙이와 윤 씨는 만나기만 하면 무엇인
지 토론을 합니다. 어떤 때에는 두 사람이 얼굴이
벌겋게 되어가지고 제법 참말로 성들이 나서 씨
근거리는 때도 있었습니다. 나는 자세히는 모르나
윤의 말이 옳은 것 같습니다. 그중에도 내 귀에 처
음 들린 것은 반동분자니, 소비에트 5개년 계획이
니, 남녀의 기회 균등이니 하는 문자입니다.

　이러한 말을 섞어가지고 열렬하게 설명하는 윤
의 말은 나의 호기심을 극도로 끌었습니다. 나는
옆으로 때때로 질문을 하면 윤은 나에게 되도록
알아듣기 쉽게 설명을 합니다. 나는 웬일인지 들
어도 들어도 언제나 더 듣고 싶었습니다. 그의 빛
나는 두 눈, 시원한 이마, 남성을 대표하는 □□
□ 음성을 통하여 나오는 새로운 진리는 나의 가
슴에다 연모의 불길을 일으켰습니다. 오래 말라

버린 흙에 봄비가 내리고 그 속에 숨어 있던 움들
이 돋아 나오는 것처럼 마르고 비틀어진 내 마음
속에 새로운 생기가 약동하였습니다. 윤은 이따금
잡지도 갖다 주고 내가 볼 만한 서적도 가져왔습
니다. 물론 어려운 대목은 언제나 그가 친절히 가
르쳐주었습니다. 나는 읽고 배우고 생각하는 동안
에 차차로 나의 인생관에 혁명*이 일어나기 시작
하였습니다. 이리하여 제법 나는 사회운동에 대한
동경을 갖게까지 되었습니다. 하루는 윤이 커다란
꾸러미를 가지고 들어와서 '수고시킬 일'이라 하
면서 꺼내는 것은 등사판과 종이 뭉텅이였습니다.
그것은 어떤 도동야학의 강의**였습니다. 윤은 나
에게 등사하는 법을 가르쳐준 후에 내일 이맘때
찾으러 올 터이니 힘대로 해보라 하고 돌아갔습니
다. 나는 전력을 다하여 등사한 것이 그 이튿날 윤
이 찾으러 올 때에는 이천 장***이 넘었습니다. 그

---

*　원문에는 '혁명'으로 되어 있으나 단행본(「망명녀」, 『김말봉의 문학과 사회』: 이하 동일)에는 '희망'으로 순화되어 있음.
**　원문에는 '도동야학의 강의'로 되어 있으나 단행본에는 '토론회 기록'으로 되어 있음.
***　원문에는 '이천 장'으로, 단행본에는 '일흔 장'으로 되어 있음.

렇게 심심하고 그렇게 지루하던 한 달이 이제부터
는 잠자는 것까지도 아까울 만큼 바쁜 한 날 한 날
로 변하였습니다. 나는 날마다 읽고 생각하고 묻
고 쓰고 그리고 윤의 시키는 일을 하였습니다. 이
상한 것은 나는 그사이 담배 먹을 생각을 잊어버
린 것입니다. 그러나 모르핀만은 아직도 어느 정
도까지 미련을 가지고 있었습니다.

밖에는 눈이 펄펄 날리는데 윤이 왔습니다. 윤
숙이는 동기 방학이 되어 시골로 내려가고 없는
날입니다. 나는 전처럼 독서에 열중하여 윤이 들
어오는 것도 몰랐습니다.

그는 방으로 들어와서 화로에다 손을 쬐었습니
다. 언제 보아도 씩씩하고 반가운 그이였습니다.
우리는 화로를 가운데 두고 마주 앉았건만 오늘은
피차에 할 말이 없는 듯 제각기 책장만 넘기고 있
었습니다. 장 속에서 밤을 꺼내어 화로에 넣었습
니다. 그때입니다. 윤은 보던 책을 놓고서 나의 오
른손을 그의 큼직한 두 손으로 꼭 쥐면서

"순애 씨! 나는 당신처럼 열정**** 있는 이는 처

**** 원문에는 '열정'으로, 단행본에는 '인정'으로 되어 있음.

37

음 보았어요."

하지 않겠습니까. 나는 전신에 전기가 통하는 것처럼 경련이 일어나기 시작하였습니다. 그의 손을 통하여 그의 가슴속에 가득한 거룩한 불길이 나의 심장으로 들어와서 온몸의 혈관을 태우고 근육을 불사르는 듯한 고통에 근사한 쾌감을 느꼈습니다. 나는 무슨 말을 하여야 좋을지 몰라서 그를 쳐다보기만 하였습니다. 그의 눈은 타는 듯 빛나고 입술은 □□ 떨렸습니다.

"순애 씨! 당신은 나의 동지가 되어주시렵니까? 인류를 위하여 참된 일꾼으로."

"선생님은 윤숙 씨가 있지 않습니까?"

겨우 나는 이렇게 말을 하니까 윤은

"윤숙 씨, 윤숙 씨 말입니까? 그는 나의 애인인지는 모릅니다마는 동지는 아닙니다. 주의主義가 다른 그와 나는 피차가 슬픈 애인이외다. 언제나 서로 만족치 못하는 사랑에서 허덕이고 있습니다. 순애 씨! 당신은 윤숙 씨가 가지지 못한 모든 것을 가졌습니다. 당신은 나의 동지가 되어주시오. 윤숙이가 이해하지 못하는 동지의 사랑을 받아주시오. 같이 일하다가 같이 죽을 수 있는 동지는 애인보다도 오히려 더 가깝다고 할 수 있지 않은가요?"

나는 떨리는 목소리를 겨우 다듬어가지고

"그렇지만 저는 무식하고 또……"

"상관없습니다. 아는 것은 순애 씨가 지금의 열심대로만 나간다면 일 년 안에 조선에 어떠한 여류 운동가에게 지지 않을 사회운동에 대한 지식을 얻을 것입니다. 그보다도 정신이어요, 마음이어요. 내 말을 알아듣겠지요. 새로운 사회를 가장 바른 사회를 건설하기 위하여 순애 씨도 힘을 다할 마음은 있겠지요?"

"네, 그야 물론입니다."

이때 윤의 뜨거운 입술이 나의 이마에 대었습니다. 나는 눈물을 안 보려고 고개를 숙였습니다.

"선생님 그렇지만 저는 □□의 빈생을 가진 여자예요."＊

눈물이 떨어져 윤의 손등과 나의 손을 적시었습니다.

"순애 씨! 그러기에 말입니다. 피가 나도록 경험의 실감을 가진 당신 같은 이라야 제일선에 나설

＊　단행본에는 이 문장이 생략되어 있음.

자격이 있습니다. 대중은 전 세계의 무산대중은
기분 향락자, 관념의 세계에서 머물고 있는 위선
가에게는 너무도 지쳤습니다.* 순애 씨 당신이 가
진 그 체험이야말로 값 주고 살 수 없는 보배입니
다. 자, 내게 약속해주세요. 나의 사랑하는 동지가
되겠다는……"

"선생님의 지도만 믿겠습니다."

그와 나는 손과 손을 힘껏 잡았습니다. 사실 나
는 그 순간부터 모든 것이 변하고 말았습니다. 목
사의 설교보다도 윤숙 언니의 기도보다도 윤정섭
씨의 키스와 동지애가 나의 생명에다 새로운 힘을
그었습니다. 이때로부터 나는 어떠한 잘난 여자보
다도 자신이 값이 있는 것을 알았습니다. 나는 윤
씨를 통하여 □□□□□□ 얻었습니다. 이로부
터 나는 결코 고독하거나 비굴하거나 자포할 까닭
이 없습니다. 윤이 돌아간 뒤에 나는 모르핀 약통
과 침을 종이에다 싸가지고 아궁이에 넣어버렸습
니다. 나에게는 날마다 즐거운 아침이 오고 희망

---

* 단행본에서는 '대중은~지쳤습니다'까지 누락되어 있음.

의 밤이 갔습니다.**

일주일 후에 개학이 되어 윤숙이는 상경하였습
니다. 근본으로 변한 나의 태도에 그는 여간 놀라
지 않는 모양입니다. 자기가 나를 구원하겠다는
처음 목적이 이루어진 것이 무척 기쁜 모양입니
다. 그러나 그는 총명한 여자입니다. 윤과 내 사이
에 일어난 변화를 그가 어찌 모르겠습니까. 그의
입에는 쓸쓸한 미소가 떠올랐습니다. 그리고 이따
금씩 들리는 가느다란 한숨 소리가 나의 가슴을
아프게 하였습니다. 나는 차라리 모든 것을 윤숙
에게 고백을 하고 말까 하다가 차마 입을 떼지 못
하고 망설이고만 있는 판에 어느 날 윤과 윤숙이
가 같이 들어옵니다. 쾌활하게 웃으며 이야기하는
윤숙이는 어딘지 조금 허둥거리는 빛이 보였습니
다. 그날 저녁 우리는 셋이서 같이 저녁을 먹었습
니다.

"이다음 두 분이 살림을 하시는데 내가 놀러 가
도 이렇게 같이 먹겠지?"

윤숙이는 웃으며 이러한 말을 불쑥합니다.

** 단행본에서는 '이때로부터~갔습니다'까지 누락되어 있음.

"아이구 언니도 별말을 다 하시네. 언니 애인이 누구와 살림을 하여요? 원 참⋯⋯"

나는 이렇게밖에 말을 할 수가 없었습니다.

"무얼 요 거짓말쟁이 같으니라고. 윤과 이야기 다 되었어. 어떻든지 축하한다."

"언니 그래도 나는 윤 선생님의 동지여요, 언니는 애인이고. 그렇지요 윤 선생님."

윤은 고개를 끄덕이며

"암, 그렇지요."

그 후부터 나는 부지중 윤숙의 눈치를 살피게 되었습니다. 윤숙이는 가끔 무엇을 생각하는 듯 우울한 표정이 나타났습니다. 한번은 윤숙이가 몸이 아프다고 학교를 이틀이나 결석을 하고 누웠다가 일어나는 날 그는 창백한 얼굴에 미소를 띠어 가지고

"순애! 너 윤하고 정식으로 결혼을 하게 되더라도 너든지 윤이든지 별로 이의는 없으리라."

이러한 명령 비슷한 말을 듣고 나는

"그렇다면 언니는 그이를 사랑하지 않는단 말입니까?"

이렇게 물었습니다.

"나 말이냐? 응! 나도 그이를 사랑한다. 하지만 너도 알다시피 우리는 피차 불행한 애인이다. 차라리 근본적으로 매듭을 짓는 것이 우리 세 사람을 위하여 좋은 일인 줄 안다. □□□ 윤과 주의 주장이 꼭 같았더라면 하기야 윤의 마음이 네게로 갔겠느냐. 그러나 이렇게 것은 면치 못할 운명이다. 그렇다고 그에게 대한 미련이 없는 것은 아니다. 네가 그와 교제한 뒤로 너의 성격이 일변하게 된 것을 볼 때 나는 오히려 즐겁게 그만한 고통을 이길 수 있다."

나는 뭐라고 대답을 하여야 좋을지 몰라서 소곳하고 앉았노라니

"순애야 너만 이전 순애가 되어준다면 내게는 그 이상 더 기쁜 것이 없겠다. 네가 윤과 결혼하는 것이 하나님의 뜻인 상도 싶다."

나는

"글쎄요."

하고 감히 대답을 못하였습니다. 이때 밖에서 내 이름으로 편지 한 장이 배달되었습니다. 발송인의 이름은 없으나 뜯어보니 속에는 윤에게 온 동지의 편지였습니다. 나는 벌써 동지의 한 사람

으로 대우를 받고 있는 것이 몹시도 기뻤습니다. 그날 저녁에 윤은 마침내 동지들이 사용하는 암호를 나에게 가르쳐주었습니다. 나는 귀중한 보물을 대한 사람처럼 흥분하여 깊은 잠을 못 이루었습니다.

얼마 후에 윤숙이의 주장으로 윤과 나의 혼인 날짜는 마침내 정하여졌습니다. 잊을 수 없는 2월 19일 7시 반으로! 나는 나이 어린 처녀처럼 즐거움에 가슴이 울렁거렸습니다. 그러나 나는 때때로 불안한 생각이 지나갑니다. 나를 그 흉악한 구렁에서 건져낸 은인에게 머리를 베어 신이라도 삼아 바쳐야 할 윤숙이에게 이렇게 쓴잔으로 갚아야 되는가 어디 남자가 없어서 하필 윤숙이의 애인을 빼앗게 되는고……

윤숙이가 이따금씩 히스테리컬하게 웃고는 한숨을 쉬는 것을 볼 때에 나의 가슴은 소금에 절이는 듯 몹시도 괴로웠습니다. 이윽고 혼인날이 당도하였습니다. 동천이 훤하도록 나는 여러 가지 생각에 거의 뜬눈으로 새웠습니다. 나같이 더럽혀지고 가엾은 시체 같은 몸이 윤 선생님같이 높고 깨끗한 어른의 배우자가 된다는 것은 너무도 부자연하지 않는가, 과연 이것이 참이냐 꿈이냐, 오냐 지나간 나는 영원히 매장하여 버리고 이로써 새로운 생활의 용사가 되자. 나는 이렇게 스스로 맹세를 하고 자리에서 일어났습니다. 그날 아침에 또다시 소포와 편지가 배달되었습니다. 저녁때가 되어서 윤은 적이 침울한 표정으로 들어왔습니다.

"내게 소포 온 것이 있지요?"

"네 있어요. 아침나절에 왔던데요."

하며 편지와 함께 내어주었습니다. 윤숙이도 밖에서 들어오며

"벌써 전등이 왔는데 세수도 하고 옷도 갈아입어야지. 조금 있으면 자동차도 올 것이다. 식도원에서는 준비가 다 된 모양이더라."

"신랑 신부야 무엇 합니까? 그저 시키는 대로 합지요."

윤은 이렇게 대답을 한 후에 나를 보고

"그런 일은 없겠지만 혼인하는 즉시로 신랑이 죽는다든지 감옥에 간다면 순애 씨는 혼자서라도 넉넉히 싸워갈 수가 있을까요?"

나는 웃으며

"글쎄요."

하니까

"글쎄가 아니라 전선에 나선 사람이 그만한 각오는 있어야지."

그의 얼굴은 엄숙하였습니다.

"그것은 벌써 동지로 약속하던 날부터 내 마음 속에 가진 맹세입니다 선생님."

하고 이번에는 웃지 않고 이렇게 대답하였습니다. 윤은 감격한 듯이 손을 내밀었습니다. 나도 손을 내어 그의 손을 쥐었습니다. 동지와 XX를 하고 모험을 하고 그리고 고문대에서 지독한 고문에도 꼼짝하지 않고 끝까지 입을 다물고 순사殉死*하는 나의 환상에 나는 스스로 잠깐 동안 도취하였습니다. 내가 밖으로 나가려고 일어설 때 윤이 편지를 열었습니다. 나는 장난꾸러기 심사로 어깨너머로 슬그머니 넘어다보았습니다. 그 편지는 간단한 무슨 부탁인데 사연은 다음과 같습니다.

'부탁하신 모포 두 개를 보냅니다. 한 개는 2월 21일에 동소문 밖으로 가서 저의 조카에게 전하여 주시옵.'

---

* 나라를 위해 목숨을 바침.

그러나 나는 글자와 글자 사이에 있는 적은 점을 보았습니다. 내가 윤에게 배운 대로 한다면 그것은 암호였습니다.

'동경서 온 ××××이 모포 속에 있으니 2월 21일에 ××을 ××에 가서 미리 기다리고 있는 동지에게 전하란 것입니다.'

나는 밖으로 나와서 세수를 하면서 생각을 하니 2월 21일이라면 내일모레가 아니냐. 옳다. 정섭 씨의 하던 말이 이 뜻이었구나 하였습니다. 마음에 각오를 하였을지언정 당장 눈앞에 이러한 일이 나타나고 보니 얼마쯤 가슴이 덜컹하였습니다. 그러나 번개같이 무슨 생각이 내 마음에 지나갔습니다.

'이때이다. 이 기회이다. 나도 사람이다.'

심장이 터질 듯한 흥분에 몸과 다리는 떨렸습니다. 나는 옷을 갈아입고서 안방을 건너다보며

"언니, 나 이렇게 입은 것 좀 보아주세요. 윤 선생님 친구들이 많이 오실 텐데 부르주아 흉내 내었다고 흉이나 안 볼까?"

그사이 윤도 와이셔츠와 칼라를 매고서 대청으로 나오면서

"오! 백 퍼센트, 백 퍼센트! 오늘 저녁은 신부님이니까 그만한 것은 용서할 테지, 하하하."

나는 윤에게 눈짓을 하였습니다. 안방 책상에다 머리를 대고 있는 윤숙이는 분명히 울고 있는 것입니다. 윤도 미닫이 너머로 윤숙이의 떨리는 어깨를 바라보면서 슬픈 빛이 떠올랐습니다. 나는 윤의 등을 밀어서 윤숙이 방으로 들여보내며

"위로 좀 하여드려요."

하고 나는 건넌방으로 갔습니다. 떨리는 손으로 담요를 헤쳐가지고 그 속에 지령을 찾아내었습니다. 나는 그것을 내가 입고 있는 바지허리를 뜯고 넣은 후에 바늘로 꿰매었습니다. 밖에서는 자동차의 경적이 울립니다. 나는 담요를 전처럼 개어서 이불 속에다 밀어 넣고 마루로 나왔습니다. 내가 안방에 들어설 때 윤숙이의 이러한 말이 귀에 들렸습니다.

"분명코 어떤 커다란 손 밑에서 인생이 나고 죽고 연애하고 결혼한다는 것이 오늘 새롭게 느껴집니다그려."

손수건으로 윤숙이의 눈물을 씻어주는 윤의 손을 잡고 윤숙이는

"자 미스터 윤."

하며 윤과 악수를 합니다.

"언니 나두. 내게도 축복하여 주어요. 난 오늘 언니와 윤 선생님 두 분이 날 새로 낳았어요. 자, 언니."

하면서 나는 그의 가슴에 기대었습니다. 윤숙이는 침을 한번 삼키고

"내 사랑하는 순애! 길이 행복……"

그의 눈에서는 굵은 눈물방울이 줄지어 흘렀습니다. 윤도 나도 울었습니다. 나는 한 손으로 윤의 손을 잡고 한 손으로 윤숙의 손을 잡은 채

"울지 맙시다, 형님. 윤숙 형님. 오늘은 당신의 수고가 이루어지는 날입니다. 윤 선생님도 울지 마셔요."

밖에서는 자동차의 경적이 또다시 요란히 들립니다. 나는 마음이 초조하였습니다. 일곱 시 십 분, 봉천행 특급열차는 지금 이십 분밖에 남지 않았습니다.

"자, 어서 자동차에 오르십시다. 시간이 벌써……"

내가 이렇게 독촉을 하니까 옷을 갈아입으려 일어서는 윤숙이가 웃으며

"애야, 염려 마라. 늦어도 한 시간이란다."

이 말을 듣고 윤도

"혼인날에는 의례히 신부가 바빠하는 법이니까."

이렇게 놀려댑니다.

"언니, 식도원에 치를 돈은 언니 가졌수?"

"응, 여기 있어."

하면서 손가방을 들어 보입니다. 우리는 자동차에 올라 전등이 찬란한 밤거리를 지나 식도원 앞에 내렸습니다. 문에는 동지인 듯한 청년들이 들락날락하고 있습니다. 나는 바로 화장실로 들어갔습니다. 미리 준비하여 온 종이에

'윤숙 형님, 저는 형님의 참동생이 되었습니다. 이것이 오로지 당신의 노력의 선물입니다. 이로써 내 앞에는 인류의 행복을 위하여 싸우는 문이 열리었습니다. 다시 만날 동안 길이 행복하소서. 언제나 윤을 도와주시고 그를 참으로 이해하는 동지가 되어주실 줄로 믿습니다. 돈 백 원을 가져갑니다. 당신의 아우 순애 올림.'

'윤 선생님! 저는 끝까지 당신의 동지로 살겠나이다. 오늘 저녁을 지나고도 갈 시간이 없는 것은 아닙니다. 그러나 이왕 떠날 길이면 나의 반생의

은인 윤숙 씨를 끝까지 울리고 싶지는 않습니다.
윤숙 씨도 앞으로 반드시 당신의 동지로서 당신
을 도울 날이 멀지 않을 것을 믿습니다. 동소문 밖
담요는 제가 가서 전하겠습니다. 용서하여 주십시
오. 당신의 어린 동지 S. A.'

나는 이 편지를 봉하여가지고 보이를 불렀습니
다. 일 원짜리 지전 두 장을 받은 그는 이 편지를
반드시 일곱 시 삼십 분에 윤정섭 씨나 허윤숙 씨
에게 전할 것을 약속하였습니다.

나는 휴게실로 들어왔습니다. 윤과 윤숙이는 손
님들과 이야기하느라고 내가 무엇을 하고 있는지
모르고 있는 모양이었습니다. 나는 윤숙의 가방에
서 십 원짜리 열 장을 꺼내어 품에다 넣고 현관으
로 나왔습니다. 열차 시간은 불과 십 분밖에 남지
않았습니다.

"특급에 당도하도록 아무쪼록 급히 몰아주십시
오."

자동차는 경적을 연발하며 전 스피드를 내었습
니다. 경성역에 내린 나는 미친 사람 모양으로 봉
천행 차표를 끊어가지고 층층대를 내려갈 때 기차
의 기적은 요란히 울렸습니다. 방금 움직이는 기

차 승강대에 한 발을 올려놓자 기차는 제법 속력을 내어 달렸습니다.[*]

《중앙일보》, 1932년 1월 1일~1월 10일

[*] 이 소설은 『김말봉 전집 7』(진선영 엮음, 소명출판, 2018)에 실린 「망명녀」를 재수록한 것이다.

소설

*

고행

오후 세 시가 되자 미자에게서 전과 같이 전화가 옵니다. 언제 들어도 명랑한 그 목소리.

"온천에? 무어? 생일? 누구 생일. 오— 그래! 그럼 가 가, 글쎄 간다니까."

수화기를 턱 걸고서 나의 입가에는 아직도 미소가 사라지기 전입니다. 따르르 또다시 전화가 옵니다.

"네, 네?"

이때 옆에서 누가 나를 보았다면 분명코 나의 눈은 동그래졌고 미간은 찌푸려졌을 것입니다. 전화 속에서 들리는 말은

"여보세요, 오늘 저녁 구경은 틀림없겠지요? 저녁 진지도 집에서 잡수시도록 준비가 다 됐어요."

나는 정말입니다. 미자와 일 분 전에 온천행 약

속을 하였기로서니 내 아내 정희에게 두고두고 두 달이나 끌어온 활동사진* 구경 갈 약속을 지금 새삼스럽게 취소할 용기가 없습니다. 오늘 아침에도 새벽 세 시에 집에 들어간 죄로 몇 번이나 오늘 밤에 구경 가자고 내 입으로 말을 하였던가요. 더욱이 아침에 그 얼굴에 어린 눈물 자국을 보거나 어젯밤에

"어디 잠이 와야지요."

하던 말이나…… 나는 드디어 결심을 하였습니다.

"암— 가구말구, 지금 곧 갈 테요. 우리 오늘 저녁은 천천히 같이 먹기로 합시다."

사실 나는 집에서 저녁을 먹은 지가 벌써 나흘이 넘었으니까요…… 나는 미자에게 전화를 걸었습니다.

"여보, 미안하지만 온천행은 취소요. 안 돼, 안 돼. 급한 손님이 있으니까. 이봐, 성은 내지 말어. 응, 정말 손님야."

나는 전화를 끊고 모자를 집어 들었습니다. 오

---

* '영화'의 옛 용어.

래간만에, 참으로 오래간만에 집에 돌아오는 듯한
기쁨을 느끼면서 어린놈에게 줄 과자를 사고 식후
에 까먹을 과일까지 사 가지고 집으로 돌아왔습니
다. 개선장군의 입성처럼 용감하게 대문을 들어서
자 아내는 한달음에 나와서 꾸러미를 받고 모자를
받습니다. 어린놈도 좋아라고 손뼉을 치며 달려듭
니다. 나는 맘속으로 어린것에게 사과를 하면서
아이의 얼굴에 뺨을 문질러주었습니다. 아내는 부
채를 내놓고 세숫대야에 물을 떠다 놓습니다. 나
는 양복저고리를 벗고 세수를 하고 나니 아내가
우물에서 수박을 꺼내 옵니다. 수박 속에다 꿀과
포도주를 부어두었던 모양으로 향기와 단맛이 여
간 신선하지가 않습니다. 수박을 그릇에 옮겨 막
우리 세 식구가 먹는 판입니다. 대문이 찌—걱 소
리를 내면서

"형님!"

하고 들어오는 것은 미자입니다.

"어서 오우."

아내는 수박물 묻은 손을 행주치마에 씻으며 방
석을 갖다 마루에 놓습니다. 나는 아내의 표정이
미자에게 어떻게 돌아가는가 살피면서 찌무룩해

서 우두커니 서 있는 미자를 보고

"웬일이시우? 오래간만에."

하고 웃어 보였습니다마는 물론 미자는 나를 본
척도 아니 하고 옆에 끼고 있던 보자기를 풀면서

"형님, 이 솔기가 암만해도 맞질 않으니 어떡허
우."

무슨 양재봉 하던 것을 추켜들고 얼굴을 찌푸리
기만 하고 있습니다.

"글쎄 그것은 내 해줄 터이니 걱정 말고, 자 수박
이나 먹어요."

아내가 그릇에다 수박을 꺼내려고 머리를 숙이
는 동안 나를 건너다보는 미자의 눈에서는 파―란
불똥이 튀는 듯합니다. 나는 부채를 휠렁휠렁 부
치면서

"손님이 온다더니 왜 여태 안 올까?"

공연히 대문을 기웃기웃 내다보았습니다.

"내 진짓상 가져올 테니 아우님도 같이 먹어요."

하고 아내가 부엌으로 나갔습니다.

'아내는 아직도 미자의 일을 모르는구나.'

하고 가슴을 내리쓸었습니다. 그러나 미자의 작
으나마 날카로운 목소리로 나의 가슴은 다시 선뜩

하여집니다.

"손님은 무슨 손님? 내가 다 알고 있는데. 두고 보아요, 내가 당신 마누라에게 내가 당신의 무엇인지 알려주고야 말 테니."

미자는 재봉 보자기를 들고 부엌을 들여다보며 아주 유쾌한 듯이

"호호호 형님, 아주 깨가 쏟아집니다그려. 그럼 내 이따 오지요."

"같이 먹자는데 왜……?"

"아—니, 내가 왜 두 분이 맛있게 잡수실 것을 방해를 놓아요. 그럼 저녁 먹고 오리다."

아내는 마당까지 따라 나오며

"저 그런데 식후에 우리는 어디 좀 갈 데가 있어서."

"네— 그래요?"

이때 미자가 힐끗 나를 돌아다보는 모양이었으나 나는 얼른 고개를 다른 곳으로 돌린 까닭에 그의 무서운 시선을 피할 수가 있었습니다.

"호호호, 아주 두 분이 잘잘 끓으시네. 호호호, 나 좀 보아, 깜박 잊었군. 사이 상이 기다리고 있는데……"

혼잣말처럼 하면서 고개를 살랑살랑 흔들며 대문 밖으로 나갑니다. 나는 속으로 '큰일났구나' 하였습니다. 저 영악한 미자가 아내의 입에서 식후에 우리 둘이서 어디로 간단 말까지 기어이 듣고 돌아갔으니…… 그 눈살 그 독살을 보아 정말로 아내에게 무슨 누설이라도 한다면? 나는 아내가 정성을 다하여 만든 반찬이건마는 어째 밥이 목구멍으로 잘 넘어가지를 않습니다.

'그보다도 그 최가 녀석이 와서 있다? 흐흥!'

먼저 수저를 놓고 방에서 바쁘게 화장하고 있는 아내더러

"그 큰일 났네."

"왜요, 무슨 일이에요?"

아내는 입술에다 연지칠을 하던 손가락을 꼬부랑한 채로 놀란 듯이 나를 내다봅니다.

"갑자기 생각이 나는구려. 내가 바로 그저께 ×× 회사 중역과 온천에서 만나자고 한 약속을 깜빡 잊어버리고 있었으니."

나는 아내의 얼굴을 쳐다볼 용기가 없어서 양복 주머니를 뒤져가지고 지갑에서 십 원짜리 한 장을 꺼내서 방문턱에 놓았습니다.

"혼자라도 가보시구려. 시간 있으면 나도 나중에 갈 터이니……"

아내는 경대 앞에서 발딱 일어나더니 십 원짜리 지전을 발로 밟아서 마루 끝에다 떨어뜨리고는 부엌으로 들어가버립니다. 아내가 이렇게 발끈 성을 내는 것을 나는 결혼한 후 처음 당하느니만큼 무척 아니꼽기도 하고 화도 불끈 솟아올랐습니다. 나는 그걸로 엉터리나 있는 듯이

"흥, 견뎌보아라."

입속으로 중얼거리면서 대문을 소리가 나도록 열고 밖으로 나와버렸습니다. 사실 그때 아내가 발끈하고 성을 낸 것이 얼마나 다행인지 모릅니다. 만약에

"정 그렇다면 할 수 있나요. 구경은 담에 하더라도 남의 회사 중역에게 실신*을 하면 어떡해요."

하고 아내가 그 잘 골라선 이빨에 양 뺨에 움푹 들어가는 우물을 지으면서 방싯 웃어주었더라면 내 어깨는 얼마나 더 무거워지고 미자에게로 가는 내 다리가 떨리지 않고 배겼겠습니까. 사실 나

* 신용을 잃음.

는 내 아내가 싫거나 밉거나 해서 미자에게 홀린 것은 아닙니다. 내 아내는 키가 호리호리하고 얼굴이 갸름하고 살빛이 흽니다. 그리고 어린아이를 둘이나 낳았어도 한 번도 아내가 밉게 보인 때는 없었습니다. 그러면 왜 미자와 그렇게 되었느냐고요? 말하자면 미자의 유혹에 든 셈이지요. 미자는 속눈썹이 길고 얼굴이 약간 파름하고 머리칼이 굵고, 내가 작년 가을에 회사 일로 ××에 가서 한 달 남짓이 있는 동안 알게 된 여자인데 물론 전신이 기생입니다. 어찌되었든 미자는 나를 쫓아와서 여기에다 집을 얻고 살림을 시작하였습니다. 미자는 가끔 농담 모양으로

"여보, 우리 정식으로 민적*하고 삽시다."

"우리 마누라는 어떡하고?"

"……이혼하고."

"허허허허."

"여보세요, 당신 마누라 좀 보여주세요."

"건 왜?"

"얼마나 잘났는지 보고 싶어서."

* '호적'을 달리 이르던 말.

"그래? 그럼 뵈주지."

나 역시 농담으로 대답을 합니다. 그러나 속으로는

'아마 얼굴만은 너보다 훨씬 낫겠지?'

하는 자신이 있습니다. 하루는 미자가 가진 풍금이 탈이 났다고 걱정을 합니다. 나는 그때 내 아내가 얼마나 풍금을 잘 타며 또 그런 것을 손쉽게 고칠 수 있다는 것을 알려주고 싶은 값 헐한 허영심이 머리를 스쳐갑니다. 며칠 후 아내더러

"여보, 내게 누이동생 하나가 생겼구려."

"아—니 웬 동생이?"

"저 내 친구의 누이동생인데 이번에 내 친구가 웅기로 전근을 가거든. 그래 전근을 가면서 자기 누이동생을 내게다 맡기는구려."

"아무에게나 맡기는 누이던가요? 물건처럼…… 오죽이나 겨운 누이라 남에게 맡기겠소?"

"아—니 들어봐요, 들어봐요. 첨에 시집을 갔더라나, 속아서 갔어. 본처가 있더래. 그래 친정으로 와 있지. 이런 델 와서 참한 전방을 하나 가지든지 할 작정이래. 누이를 혼자 두기가 무엇하던지 그 오빠가 떠나던 날 밤 여러 친구들 있는 자리에서

나와 형제를 맺어주고 갔단 말야."

"몇 살이에요?"

"당신보다 한 살 아래, 스물셋. 당신을 보러 온다
는데 부끄러운 모양이야. 여보, 친아우처럼 좀 잘
지도를 해주구려. 좋은 곳이 있으면 재혼을 시키
든지. 재봉학교 같은 데를 들어가고 싶다는데?"

"네― 그래요?"

아내의 눈에서는 적이 호기심이 떠도는 것을 나
는 놓치질 않고 둘이서 미자의 집으로 갔습니다.
미자가 내놓는 커피차를 마시고, 아내가 미자의
풍금을 고쳐주고, 그리고 우리는 집으로 돌아왔지
요. 그 이튿날부터 미자는 "형님 형님" 하면서 우
리 집에 드나들게 된 것입니다. 그러나 미자가 아
내에게 에이프런, 베갯잇, 책상보, 전등갓 같은 것
을 배우러 매일같이 오는 동안 미자의 입에서는
아내의 흉이 하나씩 나옵니다. 너무 사치하다, 낮
잠을 잘 잔다, 지저분하다, 경제적 머리가 없다는
것들입니다.

그러나 나는 미자가 어떤 입장에서 어떠한 의미
로 이런 말을 하는지를 잘 아는 까닭에 한 귀로 듣
고서는 한 귀로 흘려버렸습니다. 반대로 아내는

웬일인지 미자가 가엾다는 둥 얼굴이 예쁘다는 둥
재주가 있다는 둥 칭찬이 그치지를 않습니다. 나
는 천사같이 순진한 내 아내를 존경하였습니다.
사실 나는 미자와 포옹을 하고 키스를 하고 갖은
쾌락을 맛보는 순간에도 아내를 잊어본 때는 없습
니다. 물론 성적으로 미자가 내 아내보다 훨씬 기
교적이요, 또 내 온몸을 사로잡을 만한 육적肉的 쾌
락을 줍니다.

그러나 언제든지 미자는 나의 육체의 소유자밖
에 되지 않습니다. 심산 속에서 솟아나는 샘물과
같이 맑고 깨끗한 애정 그것만은 영원히 내 아내
의 소유입니다. 내가 미자라는 물결에 이리 둥실
저리 둥실 떠도는 것 같지마는 실상인즉 내 마음
의 닻은 내 아내의 사랑에서 길이 움직이지를 않
습니다. 미자와 방종의 한밤을 보내고 난 뒤면 내
아내 앞에 가서 무릎을 꿇고 참회를 하고 싶도록
나의 사랑은 아내를 향하여 새로워지는 것입니다.
그 때문에 나는 미자와 같이 있는 시간을 단지 '장
난'으로 생각을 하였습니다. 언제라도 그만둘 수
있다는 자신이 뚜렷하면서도 나는 그날그날 미자
의 끄는 대로 끌려가고 있었습니다. 그러나 나는

물 쓰듯 하는 미자의 일용돈을 반년이나 대어왔다
는 것보다도 초인적인 미자의 정력에 차츰 압박을
느끼게 된 나는 이제 이 '장난'이 차츰 싫증이 나기
시작하였습니다. 그래서 기회를 엿보아 미자와 손
을 나누려고 합니다. 그러나 이때 불행이라면 불
행입니다. 뜻하지 아니한 경쟁자가 나타나서 맹렬
한 기세로 미자를 손에 넣으려는 것을 알게 되자
슬며시 놓기 싫은 생각이 듭니다.

경쟁자라는 인물이 딴 사람이면 모르지만 학교
에선 일이 등을 다투고 지금 회사에서는 지위를
다투고 있는 기회만 있으면 나를 깎아내리고 나의
인신공격을 감행하는 비열한 최가 녀석에게는 단
연코 지고 싶지가 않습니다.

"참, 사이 상이 기다리고 있을 텐데 나 좀 보아."

하고 미자가 한 일은 분명코 내게 도전을 의미
하는 것입니다.

*

내가 미자의 집으로 가서 어떻게 그 얄미운 최
가 녀석을 퇴치한 것은 여기서는 약하기로 하고

그날 밤 미자의 집에서 일어났던 일을 말씀드리겠습니다.

미자의 권하는 대로 나는 양복을 벗고 하오리*로 바꾸어 입었습니다. 미자가 따라주는 대로 술을 마시기는 하지마는 아내의 힘없이 돌아서는 뒷모양이 눈에서 사라지지가 않습니다.

'너무 잔인한 놈이다. 오늘 저녁만은 같이 구경을 가주는 것인데……'

나는 이렇게 속으로 후회를 하고 있었습니다. 미자는 나의 우울한 얼굴빛을 짐작하였던지 갖은 전법으로 나의 기분을 고치려고 애를 씁니다. 시계가 열한 시가 될 때 미자는 자리를 펴고 전등에 남빛 갓을 씌웁니다. 바로 이때입니다.

"아우님, 자우?"

미자와 나는 전기에 부딪친 사람 모양으로 잠깐 동안 서로 쳐다보기만 하였습니다. 길로 난 창밖에서 들려오는 음성은 분명코 내 아내 정희의 목소리인 까닭입니다. 창은 길에서 훨씬 높이 난 까닭에 방 안의 형편을 길에서 알 리는 없지만 어쩐

---

* 골반이나 넓적다리까지 내려오는 일본의 전통 외출복.

지 아내가 창 아래에서 엿듣고 있지나 않았던가 하는 의심이 획 지나가자 눈앞에 전등이 핑그르르 돌아가는 듯합니다.

"아우님, 문 좀 열어주."

한 달 전에 나와 같이 이 집에 와보고 그사이 한 번도 온 일이 없는 아내가 하필 오늘 저녁에 놀러 올까?

필연코 오늘 저녁에 같이 구경을 가주지 아니한 분풀이로 미자와 내가 노는 현장을 붙잡으려고 온 것이라 생각을 하니 당장에 아내의 모가지를 비틀어버리고 싶도록 아내가 미운 생각이 듭니다. 그러나

'네까짓 것에게 붙들려? 어디……'

이 생각은 나뿐이 아닌 듯 미자의 얼굴에서도 심상치 않은 긴장이 보입니다. "어디, 흥!" 미자는 코웃음을 치더니 창을 바라보고

"아이구, 형님이시우? 지금 나갑니다."

하고는

"자, 빨리!"

하고 나의 어깨를 찌릅니다. 미자가 손가락으로 가리키는 곳은 방바닥에 붙어 있는 자그마한 벽장

입니다. 길이가 두 자쯤 되고 높이가 한 자 남짓한 열고 닫는 손잡이 문이 달려 있는 곳인데 미자는 평소에 거기다가 요강도 넣어두고 걸레 같은 것도 던져두는 곳입니다. 나는 하오리를 입은 채 그리로 들어갔습니다. 억지로 쭈그리고 앉기는 하였지마는 두 다리 사이에 고개를 넣지 아니하면 안 될 형편입니다. 그러고 보니 호흡을 임의로 할 수가 없습니다. 그는 고사하고 밖에서 미자가 벽장문을 닫으려니 여기저기 하오리 자락이 삐죽삐죽 나오고 옷을 다 집어넣으면 문이 잘 아니 닫혀집니다.

"나와요."

미자가 가늘고 급하게 부르짖습니다. 나는 벽장에서 엉금엉금 기어 나왔습니다. 미자는 후닥닥 하오리를 벗겨버리고 나를 알몸으로 벽장 속에다 쓸어 넣습니다. 나는 조금 전에 경험이 있는 까닭에 앉지는 않고 엎드렸습니다. 고개를 두 손으로 받치고 무릎을 꿇고…… 흔히 예배당에서 경건한 신도가 꿇어 기도하는 자세를 생각하면 됩니다.

미자는 술병도 치우고 이부자리도 한편에 걷어 놓고 벽에 걸린 내 양복도 옷장 속으로 집어넣고 또 뜰아래 있는 내 구두도 감추고 혼자서 바빠서

야단입니다. 이윽고 대문이 열리면서 아내와 미자가 나란히 들어옵니다. 나는 벽장 속에서 숨이 갑갑해지는 고로 되도록 실낱만큼 틈이 난 문 곁으로 코를 대었습니다. 또 한 가지는 방 안의 형편을 살피려는 목적도 있고.

"아우님은 언제나 혼자 자는구려."

아내는 미자가 권하는 대로 내가 앉았던 방석에 가 앉으며 미자를 가엾다는 듯이 쳐다봅니다.

"그럼은요. 혼자구말구요. 이제 한평생을 혼자 살 것을 뭐, 호호호."

"그래도 아우님도 적당한 곳을 찾아 혼인을 해야지."

정말 아우를 생각하는 언니처럼 진정으로 동정하는 빛이 흐릅니다. 저녁 먹고 빗은 머리와 전등 아래 반사된 조선쪽*이 유난히 반짝거립니다. 그의 얼굴에 조그마한 흥분이나 증오의 빛이 없는 것을 보고 나는 우선 안심을 하였습니다.

"하지만 혼자 사는 것도 편하다면 편하지."

아내는 한숨을 가늘게 쉽니다. 요사이 부쩍 늘

---

* 우리나라 전통 방식으로 머리를 땋아 만든 쪽.

어진 내 밤출입이 어언간** 아내에게 '혼자 사는 것이 편타' 하는 인식을 넣어주었구나 생각을 하니 두 손바닥으로 괴고 있는 머리가 갑자기 무거워집니다.

"참, 오빠허구 어디 가신다더니 잘 다녀오셨어요?"

미자는 과일 그릇에서 바나나를 집어 껍질을 벗기면서

"어디였어요? 활동사진이지요? 요사이 〈클레오파트라〉가 아주 재미있다지요?"

"응, 사진 구경이었어."

아내는 바나나를 포크로 찔러 먹으면서도 눈은 방바닥만 보고 있습니다.

"그래, 오빠는 지금 집에서 주무시나요?"

"아—니, 어느 회사 중역과 온천으로 가셨어."

나는 어두운 속에서 두 손으로 얼굴을 가렸습니다.

"진작 한번 온다 온다 하면서도 어디 틈이 나야지."

** 알지 못하는 동안에 어느덧.

"아이, 그럼은요. 오빠 시중들어, 용주 치다꺼리, 언제 짬이 있겠어요?"

"방이 아주 참따란데*?"

"뭐, 형님네 방에 비하면 이게 방이에요? 어디 값나가는 방 치장이 하나 있어요? 어이구 형님도."

"아 왜 그래, 이 방이 어때서."

"아무튼 형님이 오신 덕택에 이 방은 아주 화려한 광채가 난 셈입니다. 형님처럼 훌륭하신 어른이 오셨으니, 호호호."

"왜 이리 수선이야."

아내는 어디인지 우울한 표정입니다.

"건넌방에는 누가 들었군."

"네, 외삼촌댁이 이사를 왔어요. 집을 짓는 동안 아마 한 달쯤 있을 게야요."

방 속의 말은 잠깐 동안 끊겼습니다. 벽장 속에는 무슨 벌레가 있는지 스멀스멀 배 가장자리로 설레기 시작합니다. 곰팡내인지 불쾌한 냄새가 코 밑을 스쳐갑니다.

'어서 돌아가지 않나?'

* 아주 진실하고 올바르다.

하고 아내를 건너다보았으나 좀처럼 움직일 것
같지가 않습니다.

"나 오늘 밤 여기서 자도 좋지?"

"괜히 또 사람을 놀리시네. 왜 형님이 선화당 같
은 방을 두고, 알뜰한 애인을 두시고."

"애인이라니?"

아내의 얼굴에는 약간 불쾌한 빛이 떠돕니다.

"아 참, 신랑이, 아니 영감이 계신데 왜 이런 쓸
쓸한 홀아비 방에서 주무셔요?"

"그러니 내가 동무하여 아우님과 이야기나 하면
서 짧은 밤을 새워주지."

나는 이 말에 고개를 번쩍 들었습니다.

'이제는 죽었구나.'

하고 속으로 부르짖었습니다. 대체 나는 이 좁
은 벽장 속에서 어떻게 하면 좋습니까. 나는 이럴
줄 알았다면 벽장 속으로 들어오지 말고 그냥 앉
아서 술이나 마시고 버티어볼걸! 그러지 않아도
팔꿈치가 저리고 무릎이 저리는 중인데 저 말을
듣고 보니 금시로 다리팔이 부러질 듯이 아파오고
퀴퀴한 냄새가 코를 찌릅니다.

"형님 괜히 그러시지! 오래 있다가 가면 오빠가

돌아오셔서 성이나 내시면 어쩌려고."

"아ー냐, 괜찮아요. 오늘 저녁에는 안 돌아오신 다구 가셨어. 아우님이 정 불편하다면 난 가도 괜 찮아."

"아ー니, 전 염려 마셔요. 늘 이렇게 혼자만 자 니까요."

나는 벽장 속에서 미자를 향하여 눈을 흘겼습니 다. 얼마나 괘씸하고 밉습니까.

'형님, 어렵지만 돌아가셔요. 나는 누구가 곁에 있으면 잠을 못 자는 까닭에요.'

이런 말을 하기를 나는 얼마나 빌고 바랐던가 요. 밖에는 분명코 날이 흐렸을 것이라고 생각하 였습니다. 벽장 속이 무덥고 갑갑한 것은 고사하 고라도 벼룩인지 빈대인지가 사정없이 몸뚱이를 쑤시기 시작하는 것입니다. 차차 몸에 땀이 흐르 고 그리고 등 다리 배 할 것 없이 따끔따끔 쏘고 무 는데 큰일났습니다. 손을 돌릴 수가 있어야만 긁 어볼 수가 있지요. 고문을 받는 사람처럼 나는 입 술을 깨물었습니다. 경건한 신도의 기도하는 자세 로 언제까지든 엎드려 있을 수밖에 없으니까요.

"그래 풍금은 그 뒤 탈이 없던가?"

"형님, 어디 한번 타보셔요. 나는 어쩐지 소리가 시원치가 않아요."

"어디."

아내는 풍금으로 올라가 스텝을 쑥 누르고는 무엇인지 한 곡조를 탑니다.

"왜 그래, 괜찮은데."

"그럼 내 타볼게요. 형님 들어보셔요."

미자는 도레미파를 서투르게 짚습니다. 차차 풍금 소리가 작아집니다.

"이봐, 발을 그렇게 자주 눌러서 되나? 천천히 이렇게 눌러요."

"오 참, 그렇군."

나는 풍금 소리 나는 것을 다행으로 겨우 손을 돌려서 우선 가려운 넓적다리와 정강이를 긁었지요. 그리고 등어리*에는 손이 잘 돌아가지가 않아서 간신히 조금 긁고서 막 손을 돌리려다가 그만 벽장 한편 벽을 툭 쳐서 소리를 내었습니다. 나는 깜짝 놀라서 몸을 움칫하였습니다.

"이봐, 벽장에서 툭 하고 소리가 났어. 쥐가 들었

* '등'의 방언.

나?"

아내는 벽장을 뚫어지도록 바라봅니다. 금세라도 아내가 벽장문을 열 것만 같아서 온 신경이 자릿자릿합니다.

"아녜요. 우리 집에 쥐는 없어요. 형님이 잘못 들으신 게지요."

"아─니, 분명코 소리가 났어. 내가 들었는데."

"가만두시구려. 아무것도 없는데 쥐놈도 헛물만 켜게."

나는 팔자에 없는 쥐놈이 되고 말았습니다. 그러나 이 경우에 그러한 것은 아무것도 아닙니다. 찌푸리고 있는 아내의 미간은 좀처럼 펴지지 않는 것을 보니 아무래도 아내는 문을 열 것만 같아서 나는 두 손을 모은 채로 빌었습니다.

'제발 벽장문만 열지 말아주소서.'

나는 본래부터 미신을 배척하고 신을 부인하던 터이라 어디다 빌 곳이 없습니다. 그러나 설마 나를 사랑하시던 내 아버지의 혼백에게야…… 나는 눈을 감고 아버지를 불렀습니다. 그러나 나는 관을 쓰고 지팡이를 끌고 나오는 아버지의 환영을 보자 입을 다물어버렸습니다.

"이 자식, 이게 무슨 꼴이냐 꼴이……"

아버지의 호령이 귓가에 들립니다. 나는 아버지에게 빌기를 단념하고 살아 있는 내 아내를 향하여 맘속으로 빌고 빌었습니다.

'제발 이 벽장문만 열지 말아주옵소서.'

기도의 영험*이 있었던지 아내는 풍금에 돌아앉아 노래를 부릅니다. 보카치오의 한 구절.

"내 맘속 그리운 오직 한 분이여."

음악에 소양이 있는 아내의 목소리라 약간 애조를 띠고 흐르는 곡조는 몹시도 아름답습니다.

'그대의 맘속에 있는 오직 한 분은 이렇게도 액운에 빠져 이 좁은 벽장 속에 갇혀 있다오.'

나는 맘으로 화답을 하고 이마에서 흘러내리는 땀을 손바닥으로 문질렀습니다.

"형님 목소리는 어쩌면 그렇게 고와요?"

"뭐, 이제는 집에만 틀어박혀 있으니까 목소리까지도 다 녹이 슬었다우."

아내는 풍금을 덮어두고 다시 방석으로 가서 앉습니다. 또다시 빈대인지 모기인지 등어리를 빨고

* '영검'의 원말. 기원한 대로 이뤄지는 신기한 징조를 경험함.

쏘고 배꼽 있는 데를 깨물고…… 이제는 풍금 소리도 그쳤으니 손을 돌려 긁어볼 용기도 없습니다. 단지 등어리를 기우뚱기우뚱 해보기도 하고 배를 실룩실룩 심호흡을 해보기도 하였으나 조금도 시원치가 않고 무는 것은 점점 더 깨무는 모양이라 나는 미칠 듯한 고통을 참느라고 입술을 꽉 물었습니다.

"아이, 오빠는 참말 행복이겠어요. 저렇게 아름다운 목소리를 노—상 들으실 테니."

"어이구, 그 어른 목소리가 나보다 얼마나 더 좋은데?"

"정말요? 형님—"

"그럼! 집에서 가끔 병창*을 하지만 난 여자라도 그이 목소리엔 아주 황홀해지는걸."

"아이, 형님두 남편 자랑은 무척 하시네."

"아니야, 정말야. 그 어른같이 모든 것을 구비한 이가 몇이나 있어?"

"……"

"내가 가끔 가다가 철없는 짓을 해서 그의 비위

---

* 가야금이나 거문고를 타면서 노래를 부름. 또는 그 노래.

를 건드려주어도 그이는……"

"아니— 형님, 형님 내 말 들어보아요. 오빠가 저
녁으로 늦게 들어오는 일은 없어요 그래?"

아내는 바야흐로 가슴 깊이 화살을 맞은 듯 말
문이 콱 막힌 모양입니다. 나는 모기에 빨리고 있
는 등어리의 고통도 잊어버리고 아내의 대답에 정
신을 모으고 있습니다.

"왜 가끔 가다가 회사 일로 교제할 때가 없겠수?
그럴 때에는 미리 일러주시거든. 그리고 돌아오실
땐 꼭 선물을 갖다주시니까 늦게 오실 땐 오히려
더 재미가 있어, 호호호."

"어떤 선물로요?"

"치맛감이나 어린애 나들이옷, 그리고 핸드백
같은 것……"

"아니 형님도 그래, 가끔 오빠가 오입이나 하시
면 어쩔 테요?"

"오입? 그 양반이 그럴 리가 없지. 노—상 그러
시는데 어떤 여자가 술을 따르고 노래를 하여도
어여쁜 장난감으로밖에 안 보인대. 취중에 혹시
여자들과 관계를 맺는다 해도 반시간 후에는 곧
잊어버리는 장난이라나, 호호호."

나는 문틈으로 미자의 얼굴을 바라다보았습니다. 이번에는 서릿발같이 무서운 눈으로 흘겨보고 있는 미자가 문을 열어젖힐 듯하여 두 손으로 얼굴을 폭 가려버렸습니다.

'아이구 맙시사.'

나는 순간에 슬픈 마음이 떠올랐습니다. 인간으로 가장 불쌍하고 액운에 빠진 사람이 나밖에 누가 있으랴 하고 생각할 때 로마 성중에 불을 놓고 비가를 읊조린 네로 황제처럼 길게 길게 한숨을 쉬었습니다.

그뿐만 아닙니다. 내가 회사에서 나올 때 변소에를 다녀온 후 여태껏 그냥입니다. 집에서 아내가 준 수박을 한 대접이나 먹고 미자의 손에서 비루*를 두 병이나 마셨으니 나는 지금 새로운 고통이 엄습하여 오는 것을 어찌할 수 없습니다. 나의 양편 무릎은 돌과 같이 감각을 잃었습니다.

나는 제발 지금쯤 돌아갑시사 하고 문틈으로 엿보고 있노라니

"아우님, 퇴침**이 없수?"

---

* 　맥주를 뜻하는 일본어(ビール).
** 　빗과 같은 화장 도구를 넣어두는, 서랍이 있는 목침.

아내는 방석을 쭈르르 밀어가지고 어깨 밑에 넣더니 옆으로 털썩 드러눕습니다. 미자가 이부자리 너머로 손을 뻗쳐 베개를 집어 아내의 머리를 받쳐줍니다. 그 베개는 가를 레이스로 둘렀는데 물론 그 베갯잇은 내 아내가 미자에게 가르쳐준 것입니다. 그러나 내가 미자 집에서 밤을 새울 때마다 그 베개를 쓰는 줄을 아내가 알 리가 있습니까. 시계는 한 시를 칩니다.

"참, 저녁때 가져왔던 바느질감의 어느 솔기가 안 맞는지."

"형님 곤하신데 일찌감치 돌아가 주무셔요. 바느질은 내일 하지요."

"아니, 난 안 졸려. 아우님 졸리거든 염려 말고 먼저 자구려. 바느질감이나 내놔요, 난 심심해서 그래."

"아—니, 그럼 형님은 주무시고 갈 작정입니까? 괜히 그러시지 뭐."

미자는 어리광 부리듯 아내를 쳐다보고 눈을 흘기며 웃습니다.

"그럼, 자고 간다니까."

"정말? 아이구 좋아."

미자는 맘에도 없이 기뻐합니다. 사실 아내는 오늘 저녁에 상당히 골이 난 모양입니다. 새로 두 시나 세 시에 내가 돌아가서 방이 텅— 빈 것을 보고 어떠한 감상을 가질까 하는 가벼운 복수심이 생긴 것이라고 짐작을 하였습니다. 그러나저러나 내가 왜 이렇게 못난이 짓을 하고 이렇게 곤경을 당하고 있어? 저까짓 계집들이 무엇이관대. 당장에라도 나가자. 그래 남자가 오입 좀 하였기로서니 어떻단 말이야. 세계를 정복한 나폴레옹의 궁중 생활은 어떠하였으며 더구나 진시황은 삼천 궁녀를 그리고 솔로몬 왕은 일천 왕비를 두지 않았는가. 남자가 이렇게 담이 없고 기분이 없어 어디다 써?

나는 금방이라도 뛰어나가려고 문에다 손을 대었습니다. 잠깐만 있자, 문밖의 소리를 마저 듣고……

"그런데 형님, 결혼한 후 오빠가 오입하는 것 못 보았어요? 바른대로 말해요, 호호호."

"아니, 절대로. 그이가 어떤 이라고, 글쎄 여간한 퓨리탄*이 아니라니까!"

"퓨리탄이 뭐예요?"

"도학자라고만 해둡시다그려. 우리 동무 중에
남자 때문에 화가 나서 죽네 사네 하고 야단법석
을 하는 이가 얼마나 많기에. 우선 아우님을 보구
려. 그렇지만 난 정말야, 그 점에는 행복이거든."

"형님, 그건 정말이유?"

"아—니 내가 왜 거짓말을 하우?"

나는 문을 열어젖히려던 손을 다시 턱밑으로 넣
었습니다.

'저러니까 내가 미자를 누이라고 소개를 하였거
든. 내가 지금 뛰어나가? 글쎄 누이님이란 말만 안
했어도…… 후유……'

아내는 미자가 내어주는 바느질감을 받아 가위
질을 하고 바늘로 홉니다. 사실 그는 나를 청교도
로 믿습니다. 밖에서 밤을 새우고 들어가는 날에
아내가 미심해서 캐물을 때는 나는 금목수화토로
맹세를 하고 또 하여 나의 결백을 증명하였거든
요. 어린아이처럼 천진스럽게 나를 믿고 웃던 아
내의 얼굴을 생각하여도 나는 문을 열고 나갈 용
기가 없습니다. 내가 미쳤어. 미쳤어. 왜 아내를 이

＊ 청교도(Puritan). 도덕적으로 엄격한 사람을 뜻함.

집에 데려왔던고.

참자. 하루를 참으면 백날이 편하다니. 소크라 테스가 구정물을 뒤집어씌우는 아내를 용서하지 아니하였다면 그가 성인이 되었을까. 예수도 십 자가에서 가시관을 쓰고도 참았다. 석가가 설산의 칠년 고행이 없었던들 중생을 어찌 구원하였으리. 남들은 오입을 하면 아내를 치고 때리는데 나는 아내를 안심시키기 위하여 미자를 내 누이라고 하 였겠다. 확실히 그것은 나의 선량한 마음의 발로 다. 그러나 그 선량한 나의 마음이 오늘 밤과 같은 고행을 가져올 줄이야? 그러나 이 밤이 나를 위대 하게 만들 것이다. 아— 이 무슨 비장한 숙명적 밤 인고. 나는 눈을 감고 자기 몸을 주린 곰에게 내어 주고 찰나에 부처가 되었다는 성자의 이름을 생각 하여 보았으나 좀처럼 기억이 나지 않습니다.

나는 이러는 동안에 잠깐 동안이나마 마음속으 로 오는 위안을 발견하였습니다. 아아, 위대한 저 종교와 철학의 힘이여!

밖에는 말소리가 뚝 그치고 고요합니다. 두 여 자는 바느질감을 개켜놓고 나란히 누워 있습니다. 아아 부러운 그대들의 팔자에 시계는 두 시를 칩니다. 나의 방광은 바야흐로 터질 듯합니다. 그런데 벽장 속은 시루 속처럼 김이 서리고 후끈거립니다. 나는 차차 숨이 갑갑해옵니다. 공기가 부족해지는 까닭이겠지요. 나는 조심조심 팔꿈치로 벽장문을 약간 밀었습니다. 문이 삑— 하고 삼분의 일이나 열립니다. 나는 나의 기개와 반대로 문이 너무 크게 열리는 것이 겁이 나서 도로 닫으려고 손을 내밀었습니다. 만약에 아내가 누운 곳이 벽장문 앞이었던들 벽장 속에 무엇이 들어 있는 것을 당장에 알았겠지요. 그러나 아내는 벽장문 뒤쪽에 누워 있습니다.

문이 열리는 것을 보자

"무엇이 들었어, 쥐가 이러나?"

아내는 벌떡 일어납니다. 나는 만사휴의*다 하고 눈을 감았습니다. 아내는 자막대기를 들더니 벽장문을 쿡 하고 밀어붙입니다. 문은 전보다 아주 단단히 닫혀졌습니다. 일부러 자는 척하고 누웠던 미자가 졸린 목소리로

"형님, 왜 그러시우. 가만두라니까. 쥐라도 먹을

---

* 모든 것이 헛수고로 돌아감.

게 없으면 상관있나요?"

아내는 베개를 베고 다시 눕습니다. 천사만려*가 오고 가는 듯 이리 부스럭 저리 부스럭 하고만 있습니다. 나는 각일각**으로 절박하여 오는 아랫배의 고통이나 침 끝 같은 빈대 벼룩의 고문보다도 이제는 생사의 막다른 골목에 이르고 만 것을 알았습니다. 실낱만 하던 문틈도 없고 보니 이제는 무서운 질식의 죽음이 나를 기다리고 있지 않습니까. 나는 드디어 벽장문을 열고 나갈 결심을 단단히 하였습니다. 철학도 종교도 내가 살아야만 있는 것이니까요. 그런데 웃고 나갈까? 성을 내고 나갈까? 나는 문득 한 생각이 번개같이 지나갑니다.

'그렇다, 강도처럼!'

나는 먼저 두 손으로 얼굴을 가리리라. 그러면 일사一絲도 감지 아니한 나의 맨몸은? ……나는 이렇게 위기 절박한 강도의 입장에서라도 예의는 지켜야 할 것을 잊지 아니하였습니다. 그러면 한 손

---

* 여러 가지 생각이나 걱정.
** 시간이 지나감.

으로 얼굴을 가리고 한 손으로는 아랫도리를? 그
렇다면 한 손으로 얼굴이 잘 가려질까? 만약에 아
내가 내 얼굴을 알아본다면 십 년 공부 나무아비
타불이 아닐까. 됐다, 됐어. 두 손으로 얼굴을 가리
고 궁둥이부터 먼저 나간다. 이년들 눈을 뜨면 죽
인다. 호통을 하리라. 그런데 목소리는? 나의 음성
은 보통 알토이다. 그러면 베이스? 테너? 베이스
가 좋아. 웅장해서 위엄이 있거든. 이제는 준비가
다 되었습니다. 두 손으로 얼굴을 가리고 궁둥이
를 들었습니다.

"이봐, 닭이 울지? 난 갈 테야. 아우님 나 좀 보
우. 난 가우! 문 걸어요."

아내는 일어섭니다.

"그럼 형님 안 주무시고 가실 테요?"

"암만해도 용주가 울겠어."

아내와 미자는 문밖으로 나갔습니다. 나는 벽장
문을 열어젖히고 상반신을 방바닥에 내놓았습니
다. 이때에 바로 내 아내는 나를 강도에게서 구원
한 구주였습니다. 아내가 떠난 지 십 분이 못 되어
나는 집으로 왔습니다. 문을 여는 아내의 등에 업혀
있는 용주가 가끔 느끼며 잠이 드는 모양입니다.

　나는 아내와 아들을 한꺼번에 안고 언제까지나
언제까지나 울었습니다.

《신가정》, 1935년 7월

소설
*
편지

"나, 그런 줄은 몰랐어요. 당신과 나 사이에는 정말 아무런 비밀도 없는 줄로만 믿었었어요."

은희는 남편의 말없이 내려다보고 앉은 얼굴을 달려들어 할퀴기나 할 듯이 독 있는 눈으로 쏘아보는 것이다.

"글쎄 이게 뭐예요, 이게."

남편을 보라는 듯이 은희는 손에 쥐었던 편지를 다시 폈다.

저번에 보내주신 것, 감사히 받았습니다. ××에 가셔서 박이신 사진은 꼭 보내주신다기에 눈이 감기도록 기다렸습니다마는…… 제가 염치없는지 모르겠습니다.

말씀드리가 너무도 거북하옵니다만 새 학기가 되

고 보니 의외의 잡비가 많아집니다. 구두도 해어
져 새로 지어야 되겠사옵고 아무래도 한 오십 원
더 보내주셔야 되겠습니다. 졸업반이라 하여 수
학여행을 만주까지 가게 되는데 저는 무슨 핑계
라도 하여서 그만두겠습니다. 왕복 여비와 식비
합하여 오륙십 원 있어야 될 터이니까요.

부인이 계시고 더욱이 어린 아기까지 있는 당신
께 이런 무거운 짐을 지워드리기는 저로서는 참
으로 가슴 아픈 일이올시다. 그보다도 아직 부인
께서 모르시고 계신다는 것이 더한층 저를 괴롭
게 질책하고 있습니다.

'아내는 나를 믿는다.'

하시던 그 말씀만 생각하고 있사오나 어째 제 맘
은 무슨 크나큰 죄악을 쌓는 것만 같아서 스스로
얼굴이 붉어질 때가 많습니다.

아아, '사랑은 모든 것을 빼앗는다' 한 말은 누구
가 부르짖은 경구였던가요.

오월 ×일 인순 올림

은희는 편지에서 눈을 굴려 다시 남편의 얼굴을

노려보며

"여보세요, 그래 인순이란 여자의 학비를 대주시고 계셨어요? 그러면 왜 내게는 아무런 말씀도 없었던가요? 인순이란 여자의 학비를 대준다는 사실을 내게 숨기지 않으면 안 될 무슨 까닭이 있었던 게죠? 네? 네?"

금방 무슨 일이나 낼 듯이 덤비는 아내의 모양을 '내 몰라라.'

하는 듯이 남편의 얼굴은 언제까지나 평화스러웁다.

그것도 그럴 것이 지금 은희의 눈앞에 있는 남편은 그가 죽기 바로 석 달 전에 박아둔 사진인 까닭이다.

불러도 소리 질러도 할 수 없다는 것을 깨달았는지 은희는 커―다랗게 한숨을 쉬고,

"한 달 전만 같애보아. 정말이지 한 달 전에 이 편지가 내 눈에 뜨이기만 하였더라면…… 대체 무어라고 변명을 할렸던고?"

은희는 또 한 번 길게 한숨을 쉬고,

"알지 못할 것은 남자의 심사야."

그 점잖고 친절하고 어디까지나 믿음직스러웁

던 자기 남편을 생각하면 할수록 허무하고 맹랑스러운 일이다.

사진 속에 있는 남편은 방금 그 큰 입을 벙싯거리며

"잘못했으니 용서해주시오."

하고 애걸이나 하는 듯하여 은희는 히스테리컬하게 휙 고개를 돌려버렸다.

가버린 남자의 완전무결에 가까운 그 인격, 그 애정을 추억하는 것만이 오직 한 가지 은희의 사는 보람인지, 이 천만뜻밖에도 이러한 편지가 튀어나온 것은 이글이글 타는 숯불에다 찬 재를 끼얹는 듯 일찍 느껴보지 못하던 원망과 질투에 그의 맘은 지극히 혼란하여지는 것이다.

하지만 그 질투라든가 독백이라는 것이 홍수 후에 노아가 방주에서 날려 보낸 비둘기가 앉을 자리를 찾지 못하고 도로 날아오듯이 아무런 반응이나 대답을 들을 수 없이 자기의 가슴속에 다시 삼켜버리지 않으면 안 되는 것이 은희로 하여금 더욱 처참한 적막과 허무를 느끼게 하는 것이다.

은희의 약간 파르스름한 입술에 두어 번 경련이 지나가자 그는 손에 쥐고 있던 편지를 확— 잡아

찢어버렸다.

'요망스럽게.'

그는 마치 이 편지—남편의 회사로 배달된 것을 누가 지나치게 친절한 맘으로 일부러 집에까지 회송시킨 이 편지가 무척 얄미웁고 미웠다. 이 길지 아니한 글발 하나가 아홉 해 동안이나 같이 살고 또 급성폐렴으로 불과 십여 일 만에 죽어버린 그 아까운 남편의 티 없는 애정을 짓밟아버린 것이라 생각하니 그는 그 편지의 글자 하나하나가 무슨 악마의 주문呪文과 같이 징그럽게 보여지는 것이다.

"계집애도 계집애야. 여편네 있고 자식 있는 사내에게 무엇이 탐이 나서 달라붙었을꼬. 뛰어나게 얼굴이 잘났나? 돈이 많단 말인가?"

이렇게 중얼거리면서 찢어진 편지 쪽들을 주섬주섬 주워 영창 밖으로 던져버렸건만 그의 마음은 조금도 시원치가 않았다.

심기를 전환할 생각으로 애써 다른 일을 생각해보려고 하면 할수록 맘은 방금 찢어버린 편지와 또 그 편지를 보낸 여인에게로만 가는 것이다.

'전문학교의 졸업반이라. 그러면 나이는? 스물

셋? 넷? 얼굴은 흴까, 까무잡잡해? 하여간 미인인 것만은 틀림없겠지.'

은희의 그리 크지 아니한 그러나 어디까지나 반짝거리는 그 두 눈은 마치 쥐를 노리는 고양이의 눈과 같이 한곳에서 움직이지 않는다.

'글씨도 아주 달필이야. 처녀일까? 처녀이겠지. 그러나 벌써 그이(자기 남편)와 어떻게 되어 있는지 알 수 있나?'

은희의 약간 위로 치킨 듯한 눈썹이 꼿꼿이 일어섰다.

'만약 남편이 살아 있고 이 여자와의 관계가 그대로 계속이 된다면? ……우리 집은 결단 났지 별수 있나. 체면에 제2호로 들어앉히지는 않을 것이고 누구처럼 손에 손을 맞잡고 가버릴는지도 몰라, 아유—'

은희는 몸서리를 치면서 어금니를 다물었다.

그는 바르르 떨리는 손으로 문고리를 잡았다. 그리고 문밖에 흩어져 있는 조금 전에 찢어버린 편지의 조각들을 움켜쥐었다.

잉크 빛이 선명한 하얀 봉투의 한 조각 한 조각이 은희의 손끝에서 순서를 찾아 모아졌다.

'東京市 小石川區 竹早町二〇××方 朴仁淳(도쿄시 고이시카와구 다케하야초 20××호 박인순).'

야릇한 질투의 감정은 마침내 은희의 가슴에 어떤 복수의 불더미를 털어놓고야 말았다. 그는 바시시 일어나 의걸이* 앞으로 갔다.

서랍을 열고 상제된 후로부터 쓰지 않고 넣어두었던 금비녀와 금가락지를 꺼냈다. 이것을 종이에 싸면서도 그의 맘에는 일찍이 이러한 예물을 자기에게 주던 그 남편이 오늘 이러한 솜씨로 받아가는구나 하는 일종 서글픈 웃음이 지나갔다.

전당포에 갔던 할멈의 손에서 현금 백 원을 받아 쥔 은희는 무엇에 덜미를 잡힌 사람 모양으로 밖으로 나갔다.

거리에는 어느덧 봄도 저물어 녹음으로 성장한 초여름이 그 화려한 깃을 대지에 드리우고 있건만 은희의 가슴은 극지極地의 빙원氷原과 같이 적막과 공허 그것뿐이었다.

그는 ××우편국으로 들어가서 전보 용지를 손에 들었다.

---

* 위는 옷을 걸고 아래는 미닫이 모양으로 된 장.

'돈 백 원을 보내니 수학여행에는 꼭 참여하시오. 만나고 싶으니 갈 때에는 집에 들러주시오. 병으로 누워 있소. 회답은 집으로. 영준.'

끝에다 남편의 이름을 쓰는 은희의 손은 가늘게 떨고 있었다.

우편국에서 나온 은희는 한 달 전에 남편을 공동묘지에 묻어두고 돌아설 그때와 비교하여 얼마나 더 심각한 슬픔이 자기를 엄습하고 있는가를 똑똑히 감각하였다.

그때에는

'남편은 갔거니, 그러나 그의 사랑만은 영원히 내 가슴에 새겨 있거니, 그리하여 나도 마침내 죽어지리니, 같이 묻혀 같은 흙으로 변하려니.'

이러한 슬픈 위로가 귓가에서 속삭였다.

그러나 오늘은?

변함없이 믿었던 그 사랑마저 허무하지 않느냐. 그는 자기 자신이 온전히 인생의 패배자로서 느끼는 그러한 모욕과 분노가 쓸개와 같이 그의 심장을 역겨웁게 하는 것이다.

전보환으로 돈을 부친 그 저녁

'명조 출발.'

이란 답전이 왔다.

은희는 전보를 보는 순간 만에 하나로 그 박인순이란 것은 실재의 인물이 아니요, 따라서 그 돈도 돌아오기를 바랐다는 부질없는 생각이 자기 맘 한구석에 깃들이고 있었던 것을 발견하자 그는 스스로 비웃었다.

"보고 싶어서 만나자고 하니 곧 나온다는 답전이 나온 이상."

그는 이런 말을 입속으로 중얼거려 보다가 문득 자기의 왼손 무명지를 물끄러미 들여다보았다.

엊그제께야 고약을 떼어버린 빨간 손가락 끝의 실 같은 흉터를 바라보는 그의 입가에 조롱의 웃음이 떠올랐다.

"최후의 일각까지 살려보려고 애를 썼지, 못난이……"

그리고 사흘째 밤이 밝았다.

은희는 자리 속에서 중얼거렸다.

"오늘은 그 여자가 오는 날이지?"

그는 자기의 발작 상태와 비슷한 행동에 어떤 잔인스러운 쾌감을 느끼면서 자리에서 일어났다.

뜰로 내려선 은희는 전과 달리 할멈을 동독*하

여 집 안을 소제하고 자기도 뜰에 물을 뿌리고 마루에 걸레질을 쳤다.

어린 아들 길남이에게 새 옷을 갈아입히고 자기도 얼굴과 머리를 단장하였다.

털끝만치라도 그 여인에게 낮춰 보일 까닭은 없다고 생각한 까닭이다.

아침을 마치고 나니 오전 여덟 시였다.

'이제 곧 부두에 내리고 늦어도 반시간 안에는 집으로 들어오겠지.'

이렇게 중얼거리면서 응접실로 쓰는 바깥방에다 새 초석을 내다 펴고 방석에는 새 잇을 끼워 내다 깔았다.

'되도록 말소리를 부드럽게 하렷다. 그리고 첨에는 그이가 살아 있는 것같이 말을 붙이렷다. ……죽은 줄 알게 될 때 어떤 얼굴을 하는지 좀 찬찬히 보아야지.'

그러나 아홉 시가 지나고 열 시가 거의 되도록 손님의 그림자는 보이지 않는다.

'혹시 누가 그이가 세상 떠났다는 것을 일러주

---

* 감시하며 독촉하고 격려함.

지 않았나? 만약 회사로 갔다면…… 그래도 집에
누웠다 했는데……'

좌우간 그 여자가 집으로 오지 않는다면 모처럼
계획한 작전이 수포로 돌아가고 말 것 같아서 그
의 맘은 차츰 불안하여지는 것이다.

"손님 오시는가 나가보아."

하고 어린 길남이를 세 번째 내보낸 뒤다.

물을 길어가지고 들어오는 할멈이

"손님 오셨어요, 동경서 오셨다나 봐요."

하고 물동이를 내려놓는다.

"어서 손님 바깥방으로 뫼시우, 나 곧 나갈 터이니."

이렇게 대답을 하면서도 은희의 가슴은 맹렬히
두근거리기 시작하는 것이다.

사랑을 도적한 여인에게 대한 분노와 또 그 비
밀을 발견하였다는 상쾌감이 마치 꿀을 섞어 겨자
즙을 먹는 때와 같았다.

'좌우간 어떻게 생긴 얼굴인지.'

은희는 절대의 호기심과 또 그만한 적개심에 몸
을 떨면서 뜰로 내려와 신을 신었다.

급박하여 오는 호흡을 늦추기 위하여 두어 번
숨을 크게 쉬고 자주 침을 삼켜 목을 적시면서 천

천히 발을 옮겨놓았다. 그러나 은희의 호리호리하고 날씬한 몸이 바깥방 방문 가까이 갔을 때 그는 갑자기 걸음을 멈추고 그 자리에 서버렸다.

길남이를 두 팔로 안고 길남이의 머리에다 얼굴을 처박고 울고 있는 그 손님의 가슴에는 노르스름한 교복 단추가 두어 개 수줍은 듯이 빼꼼히 내다보이고, 아무렇게나 벗어던진 듯한 사각모자의 정수리가 다갈색으로 퇴색이 되어 있는 것이 눈에 뜨인 까닭이다.

어머니가 가까이 오는 것을 본 길남이가 손님에게 안긴 채

"엄마, 손님 오셨어."

하고 어리둥절하여 소리를 친다.

아이의 외치는 소리를 듣고 비로소 고개를 드는 그 손님은 얼른 포켓에서 손수건을 꺼내서 젖은 얼굴을 씻고는 은희를 향하여 공손히 꿇어 절을 하는 것이다.

"저는 지금 동경서 오는 길입니다. 박인순이라고 합니다. 참 무어라고…… 말씀을……"

손님의 눈에서는 또다시 굵다란 눈물이 쏟아졌다.

'그러면 박인순이란 게 여자가 아니고 남자였던

가?'

속으로 부르짖는 은희의 등골에는 화끈하고 진
땀이 솟았다.

손님은 울긋불긋한 여드름이 두어 개 돋친 이마
를 한 손으로 만지며

"지금 막 들어오면서 애기에게 들어서 알았습니
다. 온 청천의 벽력도 분수가 있지 온 꿈인지 생시
인지 당최…… 그래 언제쯤 작고하셨는가요?"

"한 달 전에."

겨우 한마디의 대답을 하고 은희는 방으로 들어
섰다.

"왜 제게는 부고를 주시지 않았어요?"

통분한 듯이 바라보는 청년의 시선을 피하여 은
희는 방바닥으로 눈을 떨어뜨리었다. 청년은 가만
히 길남이의 머리를 쓸면서

"아가야, 이제부터 우리는 아버지 없이 살아간
단다. 하지만…… 아버지같이 되자, 응?"

청년의 조금 두터운 듯한 입술은 미소를 띤 채
한참 동안 경련이 계속되었다.

"너 몇 살이지?"

"나 여섯 살."

"오, 착하다. 너 꼭 아버지 닮았구나."

은희는 터져 나오는 울음을 막을 듯이 손수건으로 두 눈을 쌌다.

뜨거운 눈물은 은희의 양사 손수건을 적시고도 그의 홀쭉한 턱 아래로 방울방울 굴러떨어졌다. 그러나 이것은 결코 은희가 남편의 결백이 증명되었다는 의미에서 새삼스럽게 남편을 추모하여 우는 것은 아니었다.

은희는 갑자기 자기가 인간으로 생겨났다는 것이 견딜 수 없이 슬퍼진 것이다. 이렇게까지 슬프고 부끄럽고 천박한 동물은 인간이란 것밖에 또 어디 있으랴 하고 생각한 까닭이다.

"엄마! 우지 마, 엄마!"

하고 길남이가 울듯이 소리를 질렀으나 지극한 자기 연민의 감정에 사로잡힌 은희의 울음은 좀처럼 그칠 듯싶지가 않았다.

어디서 꼬끼요오 하고 우는 닭의 소리가 오월의 한낮에 길게 울려왔다.

『현대조선여류문학선집』, 조선일보사, 1937.

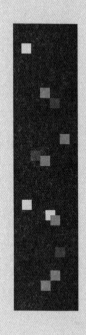

박솔뫼

© 이차윤

박솔뫼는 2009년 장편소설 『을』을 통해 '새로운 서사 감각과 문체'로 인상적인 출발을 알렸다. 이후 십여 년간 다수의 장편소설과 소설집을 펴내며 꾸준히 작품 세계의 외연과 내연을 확장해왔다. 그의 소설에서 산책과 배회는 주요한 화두다. 의미를 찾지 못한 청춘들은 '부유'하고,(『머리부터 천천히』) "불투명하고 복합적"인 시간과 공간을 통해 삶의 심연이 포착된다.(백지연 평론가, 『도시의 시간』)

공간과 기억, 상상도 박솔뫼의 작품을 관통하는 키워드다. 그 속에서 자아를 찾아가는 과정이 그려지고,(『고요함 동물』) 삶의 가능성이 상상을 통해 재현되며(『우리의 사람들』) 특정 지역(부산)은 주인공들이 억압을 벗고 "연대와 결속을 이루는 장소"(전성욱 평론가, 『인터내셔널의 밤』)로 기능한다.

문어와 구어의 경계가 사라지고 쉼표와 마침표의 부재로써 의미의 완성은 유예된다. 박솔뫼가 구사하는 낯설고 이질적인 문법은 세

계의 틈새에 대한 발견으로 이어진다. 그의 소설을 읽으면서 우리
는 삶이 결코 논리적이거나 정연하지 않으며, 거칠고 불규칙한 리
듬 위에 존재하는 것임을 자연스레 체득하게 된다.

주저하고 머뭇거리고 배회하면서, 삶의 어느 한편을 착실히 응시
해온 작가. 기록되지 못했던 공간과 기억들이 어떤 식으로 흘러가
멈추거나 멈추지 않는지, 그가 지금처럼 앞으로도 살피고 계속 쓸
것이라 믿어본다.

소설

＊

기도를 위하여

증인은 신랑의 왼편에 서고 또 다른 증인은 신부의 왼편에 섰다. 윤은 나무로 된 창살 사이 손바닥을 들어 올리고 얼굴이 부은 순애는 윤의 손에 맞대듯 자신의 손을 들어 올렸다. 두 사람은 손끝을 맞대고 애정과 신의를 약속하였고 이로써 두 사람은 감옥에서 혼례를 치르게 된다. 신랑의 왼편에 선 증인은 윤숙이고 신부의 왼편에 선 증인은 윤숙의 여학교 시절 선생님의 친척으로 이분이 감옥에 손을 써주셔서 두 사람은 혼례를 치를 수 있게 되었다. 원래대로라면 감옥에서 결혼 같은 것은 당연히 치러질 수 없을 뿐 아니라 윤과 윤숙의 목숨마저 위태로워질 것이었다. 위험한 일이라는 것이 분명하지만 사방팔방 뛰어다닌 윤숙의 노력으로 순애는 자신의 삶을 마치기 전 원래의 약

속처럼 윤과 혼인할 수 있게 되었다. 지금 순애를
비추며 타오르는 촛불은 마치 순애의 삶 같았다.
순애의 삶은 지금 타오르는 촛불과도 같이 미약하
고 위태로웠으나 그럼에도 환하게 빛을 밝히며 타
올랐다.

— 지금 저는 슬프며 더없이 기쁩니다. 내가 당
신의 동지인 것은 변하지 않습니다. 저는 단단한
믿음 위에 흔들리지 않는 사랑을 쌓았습니다.

무언가를 굳게 마음먹은 사람은 이런 눈빛을 갖
게 되는 것일까. 순애는 따뜻하고도 단호한 눈으
로 어쩐지 조금 웃고 있는 것도 같다.

— 순애야 나는 너를 꼭 붙잡을 것이야.

신랑인 윤은 아무런 말도 하지 못하고 몸을 떨
며 울고 있고 증인인 윤숙은 울면서 당장이라도
저 너머로 순애를 붙잡으러 뛰어갈 것만 같다. 윤
숙이 무슨 수를 써서라도 순애를 구할 것이라 반
복해서 말하는 동안 윤은 올린 손만이 의지를 가

진 듯 순애의 손끝에 자신의 손을 마주한 채 아무 말도 더하지 못하고 떨고 있었다. 그런데 윤은 여기서 끝까지 아무 말도 못하는 것일까? 흰 얼굴에 날카로운 턱을 가진 윤은 자신의 임무를 기꺼이 떠맡은 채 붙잡혀 끌려간 순애를 보며 부끄러움과 괴로움과 두려움에 몸을 떨고 있다. 윤의 마른 몸은 종잇장처럼 흔들린다. 두 사람의 맹세가 끝난 후 윤과 순애는 손을 내리고 말없이 서로를 바라본다.

비밀스럽게 치러진 혼례는 곧 끝이 나고 윤과 윤숙은 황급히 각자의 방향으로 조용히 몸을 피한다. 윤은 쓰러질 듯 비틀거리며 그곳을 빠져나가고 윤숙은 마지막까지 순애에게 눈을 떼지 못한다. 그리고 잠시 후 새로 구한 집으로 돌아간 윤숙은 집에 도착하자마자 옷도 벗지 않은 채 상에 앉아 무언가를 곱씹고 또 곱씹고 조용히 돌아온 윤역시 옷도 벗지 않은 채 쓰러지듯 눕는다. 두 사람이 결혼한 것은 아니지만 각자의 위치에서 하나의 결혼식을 마친 두 사람은 부부처럼 한집으로 돌아와 부부처럼 각자의 자리를 차지한다. 지금은 아니지만 시간이 흘러 두 사람은 이 '부부처럼'이라는 표현을 의식하게 될지 모른다. 순애가 아니었다면 두 사람은 실제로 부부처럼 살게 되었을지 모른다고 생각할 날이 두 사람을 찾아오게 될지 모른다. 그러나 지금은 감옥에 있는 순애의 얼굴만이 고요하게 타오르던 눈빛만이 둘을 붙잡고 놓아주지 않는다. 그 눈빛에 붙들린 채 한집에서 두 사람은 거리를 두며 시간을 보내다가 날이 어두워지면 각자의 꿈속에 들어가기 위해 애쓰는 밤들을 보냈다.

김말봉의 데뷔작 「망명녀」는 작가가 보옥步玉이라는 필명으로 1932년 《중앙일보》 신춘문예에 응모하여 당선된 작품이다. 1929년 일본에서 귀국 후 《중외일보》의 기자로 일하게 된 김말봉은 《중외일보》가 《중앙일보》로 바뀌기 전인 1930년까지 기자로 일을 하다 그만두었고 이후 해당 신문의 신춘문예에 응모하여 당선되었다. 소설의 주요 등장인물은 여학교 시절 엇갈린 인연을 가지고 있는 순애와 윤숙, 그리고 윤숙의 약혼자였던 윤―윤정섭―이다. 윤의 모델은 작가인 김말봉이 도시샤대학을 다니던 당시 교토에서 마주친 임이라는 유학생이라 작가는 밝혀왔다. 임은 독립운동가와 교류를 했다고 알려졌으나 실제로 운동을 했다는 구체적인 기록은 남지 않았다. 그는 당시 다른 작가들이나 유학생들의 구술 기록에 임이라는 학생이 있었다……는 식으로 지나간다. 그리고 비슷한 방식으로 다시 나타났다가 또 다시 지나간다. 그가 다른 방식으로 기록에 등장하는 것은 독립운동이 아니라 다른 종류의 일인데 그는 다름 아니라 최초의 옥중 결혼을 한 인물로 기록에 남는다. 그 최초가 광복 전이니 대한민국 최초는 아니겠지만 '일제강점기 일본에서 유학을 한 임 모 씨가 감옥에서……'라는 식으로 그는 등장한다. 임이 옥중 결혼을 한 상대는 알려지지 않았으나 그가 생전 아편에 찌든 조선인 여성을 보살폈고 임이 자신에게 이 여성의 생활을 부탁했다고 김말봉은 밝힌 바 있다. 임과 이 여성의 관계가 어떠했을지는 알 수 없고 이 여성이 임의 결혼 상대였을지 역시 알려진 바가 없으니 현재로서는 진실을 알 수 없다.

한편 윤과는 다르게 순애나 윤숙의 경우 모델로 추정되는 특정한 인물은 없다. 그러나 그 두 인물은 임이 도움을 요청한 조선인 여성과, 작가인 김말봉 자신의 경험에서 만들어진 것이 아닐까 한번 추측해본다. 그것이 사실이 아니라 할지라도 공창 公娼 폐지 운동을 벌이고 여학생들의 교육을 강조 했던 김말봉 개인사를 비추어볼 때 순애와 윤숙은 작가가 늘 그리고 싶던 인물상이자 관계였음을 짐작할 수 있다. 김말봉은 순애와 윤숙 같은 여자를 줄곧 떠올리고 늘 그들과 함께하였을 것이다.

부부가 될 뻔했던 두 사람이 한집에 살게 되었다. 윤과 윤숙은 동지라고도 할 수 있고 친구라고도 할 수 있겠으나 지금의 거리감을 설명하기에는 부부가 될 뻔했던 결혼을 할 뻔했던 두 사람이라고 하는 편이 적절할 것이다. 두 사람은 이전처럼 각자가 해야 할 일 앞으로 나아가야 할 방향에 대해 이야기해 보려고 했다. 하지만 이전같이 열띤 대화의 시간은 찾아오지 않는다. 윤숙은 점점 순애와 윤이 만나게 되어 윤과 자신의 관계가 변하게 된 것이 아니라 어쩌면 윤과 자신은 지금처럼 느슨하게 연결된 타인으로 지내게 되는 것이 가장 알맞은 것이 아니었을까 생각하게 되었다.

윤이 변했다고 생각하지는 않지만 윤숙은 점차

윤에 대해 어떠한 기대도 품지 않게 되었다. 순애의 동지로서도 자신의 동지로서도 지식인으로서도 큰 기대를 갖지 않게 되었고 단지 인간은 약하고 윤 역시 그러하다고 생각하게 되었다. 실망스럽거나 원망스러운 것은 아니었다. 그저 약한 모습이 우리에게 있을 뿐이고 윤은 그것을 감출 수 없는 한 명의 솔직한 인간인 것이다. 하지만 순애는 달랐다. 순애는 원래 약한 인간이 자신의 의지로 무엇을 선택할 때 얼마나 마음속부터 단단하고 강해지는지를 윤숙에게 보여주었다. 윤숙은 윤을 그저 바라보지만 순애는 어떻게 해서든 손으로 꼭 붙잡고 싶었다. 현재 가능하지 않더라도 불가능한 상황에서라도, 그 불가능을 시장에 팔아서라도 어떻게 해서든 순애를 구해내고 싶었다. 그리하여 윤숙은 자신이 가진 혹은 갖지 않았으나 온갖 노력을 다해 순간적으로 움켜쥔 힘으로 감옥에서 순애를 빼낼 수 있었다. 그러나 안타깝게도 쇠약해질 대로 쇠약해진 순애는 얼마 버티지 못하고 곧 죽음을 맞이하였다. 그렇게 윤과 윤숙이 머물던 집에서 순애는 이불 한 장을 벗어나지 못하고 앓다 세상을 떠났다.

죽기 전 순애는 순간적으로 윤숙의 손을 세게 한 번 꽉 잡고 그리고 곧 숨을 거두었다. 윤숙은 밤낮을 쉬지 않고 순애를 돌보았기 때문인지 이즈음이 잘 기억나지 않았는데 순애가 자신의 손을 꽉 잡았던 것만은 강렬하게 기억에 남아 있었다. 매일같이 이불 옆에 붙어서 순애를 돌보던 윤숙은 순애를 묻고 돌아와 시름시름 앓았다. 가족들에게 알리지는 못하고 소식을 들은 친구 몇이 찾아와 이러다 너까지 가는 것 아니냐고 약을 먹이고 기도를 하며 윤숙을 돌보았다. 병중에서 윤숙은 자신의 앞에 나타났다 사라지고 그러다 다시 얼굴을 보이며 자신에게 말을 건네는 순애를 만났다. 순애와 윤숙은 학교에 다닐 때는 정작 가깝지 않았고 아니 가까운 사이일 수 없었고 때문에 함께 노래를 부르거나 정답게 이야기를 나누거나 한 적이 없었지만 이때만큼은 손을 잡고 함께 노래를 부르고 또 부른다. 윤숙은 순애에게 노래를 가르쳐주고 그러다 순애는 산호주였던 시절 부르던 노래를 윤숙 앞에서 부르기도 한다. 같은 노래지만 그때의 순애와 지금의 순애는 영 다른 사람으로 보였고 그래서인지 윤숙은 싫은 내색도 하지 않고 순애의 노래를 듣는다. 노래를 끝낸 순애는 단호한 얼굴로 윤숙에게 무언가를 당부하고 윤숙은 앓느라 정신없는 와중에도 그것을 하리라 꼭 해내리라 다짐한다. 며칠을 앓던 윤숙은 어느 날인가 기운을 차리고 다시 책상에 앉는다. 그런 윤숙의 맞은편에는 언젠가부터 순애가 찾아와 종종 함께 책을 읽게 되었다. 순애는 윤숙에게 무엇을 읽는지 묻고 윤숙은 차근차근 설명해준다. 서서히 기운을 찾은 윤숙은 조금씩 외출을 해보기도 하고 사람들을 만나러 나가기도 한다. 이때의 두 사람은 윤숙이 순애를 꺼내 와 함께 살던 때 같기도 하다. 순애가 아직 윤을 만나기 전 담배를 태우고 아편을 하고 무언가 변해보려 하지만 번번이 좌절하던 시기이다. 그러나 그때보다는 훨씬 부드럽고 두 사람 사이에 갈등과 슬픔도 없다.

— 아편하는 여자를 도와보려고 하는데.
— 할 수 있을까. 쉽지 않을 거야.
— 순애야. 나를 도와주겠니?

순애는 아주 먼 일을 생각하는 얼굴을 하다가 갑

자기 웃음을 터뜨린다. 감옥에 간 것도 먼 일 같은데 아편을 하던 일은 전생 같다고 말하며 웃는다.

순애가 죽은 후 사라진 윤은 보름 뒤 초췌해진 얼굴로 다시 집으로 돌아온다. 윤이 무엇을 하다 왔는지 어디를 헤매다 왔는지 윤숙은 묻지 않는다. 윤도 무어라 말하지 않고 단지 비틀거리며 돌아와 조용히 자리에 앉을 뿐이다. 윤숙은 책을 읽고 있는 순애를 아무렇지 않은 듯 윤에게 소개하고 윤은 순애와 혼인하던 때처럼 떨며 아무 말도 하지 못한 채 주저앉는다. 순애는 필요한 만큼 여기에 머물 거예요, 윤숙은 간단히 한마디로 설명한다. 설명하고 나자 윤숙도 스스로 순애에 대해, 순애가 돌아온 것에 대해 바로 그렇게 이해하고 있었음을 깨닫게 되었다. 윤숙이 '여기에'라고 말할 때 여기는 이 집 두 사람이 살던 집이었으나 그것을 말로 하고 나자 '여기'는 삶이며 세상이라 할 수 있음을 또한 느꼈다. 윤은 말없이 순애를 바라보기만 한다. 그런데 왜 윤은 아무 말도 하지 못할까? 윤이 무어라 하는지 들어볼 필요가 있다. 이제 윤에게 말을 시켜보자. 윤 이제 말을 해야 합니다,

입을 벌리고 말을 해봐.

다시 윤의 왼편에 증인인 윤숙이 그러나 이번에는 모두 앉아 있으므로 서지 않고 앉는다. 순애 옆에는 이번에는 증인이 없다. 한 번 죽은 이를 대변하고 증명해줄 이를 당장 쉽게 찾아올 수는 없기 때문이다. 이제는 순애가 먼저 손을 올리고 간신히 고개를 든 윤은 천천히 손을 올려 순애의 손에 자신의 손을 갖다 댄다.

— 어떻게 건너왔소.
— 나를 이끈 것이 있습니다.
— 이끈 것이라 하면⋯⋯
— 두 사람의 그러니까 언니의 사랑과 당신의 안타까움이 나를 이끌었습니다.

두 사람은 닿은 손을 잡지도 내리지도 못하고 한참 그렇게 붙이고만 있었고 윤숙은 이번에는 이전처럼 울부짖지도 다짐하지도 않고 그저 두 사람을 두 존재를 바라보기만 했다. 타오르는 불처럼 뜨거운 눈빛으로 말이다.

김말봉은 도시샤대학을 졸업한 후 귀국하여 신문사 기자로 일하였다. 일본에서 대학을 다녔음에도 그 사실을 숨겼던 것인지 일본어를 못하는 척을 하였다고 한다. 그 사실이 나중에 밝혀져 곤란을 겪었다고도 한다. 도시샤대학에는 시인 윤동주의 시비가 있다. 김말봉은 1901년에 부산에서 태어나 1920년 일본으로 건너가 1927년 도시샤대학을 졸업한다. 시인 윤동주는 1917년 만주 북간도에서 태어나 1938년 연희전문학교에 입학하였고 1942년 일본으로 건너가 도시샤대학 영문과에 다녔다. 김말봉과 윤동주는 같은 도시샤대학 영문과를 다녔으나 김말봉이 귀국한 후 한참 지나 윤동주가 들어온 것이니 두 사람이 만날 일은 없었을 것이다.

도시샤대학으로 가 무언가를 찾는 표정으로 기웃거리면 경비원이 다가와 "윤동주?" 하고 묻는다. 고개를 끄덕이면 친절한 경비원은 윤동주 시비 앞으로 당신을 안내해줄 것이다. 경비원에게 고맙다며 고개를 숙이자 경비원은 내게 사진을 찍는 시늉을 했다. 나는 그에게 카메라를 건넸고 그는 익숙한 듯 윤동주 시비 앞에서 사진을 여러 장

찍어주었다. 가끔 이 사람과 저 사람이 같은 곳에 있었다는, 드문 일도 아니고 의외로 자주 벌어지는 그러한 일들이 새삼스럽게 다가올 때가 있다. 사진을 찍고 잠시 윤동주를 생각하고 그의 시를 속으로 암송하던 날들을 떠올리고 패 경 옥 이런 이국 소녀들의 이름과…… 경비원에게 감사의 인사를 여러 번하고 다시 또 윤동주를 생각했다. 도시샤대학에는 윤동주의 시비만 있는 것이 아니다. 윤동주뿐만 아니라 정지용의 시비도 있다. 정지용은 1902년생으로 1901년생인 김말봉과 한 살 차이이다. 정지용은 김말봉과 비슷한 시기 도시샤대학을 다닌 것으로 알려져 있다. 김말봉도 정지용도 윤동주도 모두 도시샤대학 영문과를 다녔다. 그렇다면 정지용과 김말봉은 교류를 하였을까 아마도 그러했으리라 짐작한다. 김말봉과 정지용은 만나서 무슨 이야기를 하였을까. 김말봉과 정지용은 이 부근 어디에서 만나 어디를 걸었을까 그리고 윤동주는 그 길을 반복했을까 어떤 식으로? 정지용의 시 중에는 교토 시내를 흐르는 가모가와가 배경인 시가 있다. 정지용은 가모가와를 거닐고 그 시를 읽은 윤동주는 어쩌면 시간이 흘러 강 앞에서 이곳이 정지용이 말한 그곳이구나 생각했겠지? 그러나 정작 강 앞에 서면 시원하다는 생각 말고는 아무런 생각이 안 들지도 모른다. 여름 한낮 무더운 시간 강 앞에 서면 간신히 시원하다고 생각하게 될 거야.

순애는 대낮에는 나타나지 않고 주로 밤에 나타났다. 어느샌가 조용히 다가와 윤과 윤숙과 이야기를 나누었다. 매일 나타나는 것은 아니었으나 어두운 밤 조용히 책상에 앉아 있으면 어느샌가 찾아와 오늘은 무슨 생각을 하였는지 또는 새로이 배운 것이 있는지 자신에게도 알려달라고 청하는 눈빛을 하였다. 어떨 때 윤숙은 성경을 읽어주었고 선생님이 아이에게 이야기를 들려주듯 구약성경을 설명해주었다. 실제로 그즈음 윤숙은 여학생들을 교육시켜야 한다는 이야기를 순애에게 자주 하였고 실제로 이를 실행에 옮기기 위해서였는지 언제부턴가 윤숙은 바빠지기 시작하여 집을 비우는 날이 많아졌다. 그에 반해 윤은 점점 외출을 삼가고 집에서 머무는 날들이 늘었다. 윤은 시를 읽고 눈을 감고 가만히 생각을 했다. 그러다 누워서

무언가를 떠올리는 듯 가만히 먼 곳을 바라보고는
했다. 윤숙이 일을 마치고 집에 돌아올 때면 윤이
누군가와 이야기하는 듯 낮게 말하는 목소리가 들
리고 윤숙은 영혼이란 무엇일까 순애를 아끼는 동
시에 신에 대한 믿음에 조금도 의심이 없는 자신
을 잠시 강하게 느끼고는 했다. 사랑하는 순애는
순애 자신으로 지금 존재한다. 하나님은 우리를
보살피시고 나는 언제나 그분의 말씀에 따를 것이
다. 이때 이렇게 생각하는 윤숙에게 모순은 없었
다. 윤숙은 믿음이 향하는 모든 것을 믿는 자기 자
신 강하게 믿는 자기 자신 눈앞의 순애를 의심 없
이 받아들이는 자기 자신 그러한 스스로를 의식하
다 다시 멈추었던 걸음을 옮겨 문을 열고 집으로
들어갔다.

— 새로 집을 구해서 나가려고 해.

방에는 어느샌가 사라졌는지 순애는 없고 윤만
이 책상에 앉아 있었다. 윤은 순애와 무슨 이야기
를 하고 있었을까. 윤숙은 왜인지 점점 더 윤과 대
화가 줄었고 순애가 있을 때만 윤과 길게 이야기

를 하게 되었다. 그러나 그것이 문제라거나 괴롭다는 생각은 들지 않았고 그보다는 집에만 머무는 윤이 조금 걱정이 되었고 그런 걱정으로 잠이 오지 않을 때도 있었다. 그러나 시간이 지나자 걱정을 하다가도 할 일이 많아 걱정을 이어나갈 수 없을 정도로 정신없는 날들이 이어졌다.

— 우리를 떠나는 것이오?
— 아니에요. 나는 순애를 떠난 적도 당신이 나의 친우임을 의심한 적도 없어.

윤숙은 심호흡을 하고 말을 이어나갔다.

— 내가 두 사람을 떠나는 일은 앞으로도 절대로 일어나지 않을 거예요. 나는 나를 필요로 하는 곳으로 가고자 하는 겁니다.

윤은 알았다는 듯 고개를 끄덕였으나 뭐라 말을 하지는 않았다. 겉옷을 걸치고 밖으로 나간 윤은 그날 밤 돌아오지 않았다. 윤숙은 남은 짐을 정리하고 한동안 바쁘게 이곳저곳을 오갔다. 윤숙은

알고 지내던 선교사가 부산에 지은 학교에 교사로
부임할 것이라 하였다. 그곳에서 여학생들을 가르
치며 한 명이라도 더 많은 여성들에게 교육의 소
중함을 일깨우는 것이 윤숙이 하고자 하는 일이었
다. 윤이 집을 떠난 이후 한동안 보이지 않던 순애
는 윤숙이 떠나기 전날 밤 나타났다. 순애는 가만
히 윤숙의 어깨에 고개를 묻었다. 무게가 거의 느
껴지지 않고 놀랍도록 가벼웠지만 순애의 부드럽
고 둥근 가슴은 포근하게 윤숙의 등을 감쌌다. 며
칠 자리를 비운 윤이 집으로 돌아와 윤숙이 짐을
싸는 것을 도왔다.

— 나중에 부산에 놀러들 와요.

순애는 그 말이 우스운지 그렁그렁한 눈으로 웃
었다. 윤숙은 문득 이제야 겨우 윤과 순애가 둘이
서만 함께 살 수 있겠구나 생각하였다. 동시에 이
것이 기이하고 병적이라는 생각을 안 한 것은 아
니다. 그러나 두 존재가 어떻게 시간을 보낼지 아
무런 예상도 판단도 하지 않은 채 그저 그것을 그
려보고만 싶다는 생각을 이어서 했다. 어쩌면 자

신이 이 집을 순애가 찾아와 머물던 이 집을 떠나
버려야 그러한 생각도 사라지고 자신이 얼마나 터
무니없는 생각을 해왔던가 깨달을지 모르겠다는
생각이 그날 밤 잠깐 들기는 하였다.

김말봉이 졸업한 학교는 서울 정신여학교로 알
려졌다. 그러나 김말봉은 부산 부산진일신여학교
에서 3년을 수료한 후 서울로 가 정신여학교를 졸
업한 것으로 실제로 오래 다녔던 곳은 부산의 부
산진일신여학교이다. 부산역에서 내려 초량역 부
산진역을 지나 좌천역에서 체육공원 방향으로 올
라가면 일신여학교가 나온다. 거리는 짧지만 언덕
이고 그러고 보면 부산의 어느 곳이든 찾아 걷다
보면 늘 언덕을 맞닥뜨리게 된다. 부산진일신여
학교는 부산진교회와 나란히 서 있다. 아마도 함
께 지어진 곳이라 짐작되는 교회와 여학교는 비슷
하게 고전적인 느낌의 붉은 벽돌 건물이다. 여학
교가 동래로 이전하여 현재는 기념관으로 남은 반
면 교회는 리모델링과 증축을 거쳐 지금까지도 교
회로 사용되고 있다. 초가집으로 시작한 여학교는
몇 년 뒤 양옥으로 증축되었고 김말봉은 아마도

증축된 양옥에서 수업을 듣고 공부를 하였을 것이
다. 학교는 1925년 동래로 이전하였다고 하니 김
말봉이 일본으로 건너간 사이 이전한 셈이다. 김
말봉은 도시샤대학을 졸업하고 동래로 이전한 일
신여학교를 찾아보았을까 아니면 좌천의 일신여
학교를 찾아가 남아 있는 선생님들과 동래로 옮
긴 학교 이야기를 하였을까. 언덕은 가파르지만
두 붉은 건물은 나를 지표로 삼아 찾아와도 좋다
고 생각하는 것 같다. 하지만 무엇보다 부산역에
서 출발한다면 초량시장을 지나야 하고 오른편으
로 아무런 의지 없이 펼쳐진 바다를 떠올리게 되
고 시장에서 파는 것들을 구경하며 올라가다 좌천
역에 이르면 부산진시장이 가깝다는 것을 자연스
럽게 알게 된다. 두 개의 시장 사이 어느 골목인가
를 오르면 나오는 두 개의 붉은 벽돌 건물은 왜인
지 조금 다정하다. 이곳에 와도 좋고 여기서 시간
을 보내도 좋다고 스스럼없이 말하는 다정함이다.

윤숙은 잠을 청하고 윤숙의 왼편에 윤이 오른편
에는 순애가 눕는다. 세 사람이 이렇게 누웠던 적
은 없었다. 순애와 윤이 동지가 되기를 맹세한 이

후 윤숙은 윤을 볼 때면 서글픈 마음을 억누르기 힘들었고 때로는 그 때문에 한동안 그를 멀리한 적도 있었다. 그러나 순애가 붙잡힌 이후 윤은 이전에 결혼을 약속했던 사람이 아니라 같은 여동생을 가진 사이처럼 여겨졌다. 그러나 윤숙은 그가 오라버니 같지도 남동생 같지도 않았다. 이전처럼 연인 같지도 않았지만 남자 형제 같지도 않았고 단지 자신과 여동생이 같은 사람으로 생각되었고 그렇다면 그것은 오히려 오누이가 아니라 자매에 더 가까운 감정일지도 모르겠다.

— 나를 가방에 넣어 가면 어때 언니.

오랜만에 세 사람은 잠시 웃었고 순애는 장난인 듯 부탁인 듯 윤숙의 팔을 붙잡았다.

— 나를 가방에 넣어 가. 부산까지 나를 데려가요.

윤숙은 우습다며 웃었지만 번지는 슬픔을 막을 수 없었다. 그와 동시에 순애는 사람이 아니니 마음만 먹으면 정말로 자신을 어디든 따라올 수 있는 것 아닌가 하는 생각도 들었다. 윤숙은 이전처럼 순애에게 하나님을 받아들이고 공부를 하고 그렇게 넓은 세상으로 나아가라고 말할 수 없었다. 할 수 있는 방식으로 살아갈 것 그렇게 살아갈 것이라는 말을 순애에게 하고 싶었지만 순애의 앞으로의 삶에 어떠한 말도 더할 수 없었다. 그것이 삶인지조차 알 수 없었기 때문이다. 그것을 깨닫자 그와 동시에 이전까지 의심 없이 자신은 자신이 필요한 곳을 향해 나아가리라 다짐해왔던 것이나 그러한 방향으로 펼쳐지리라 여겨왔던 자신의 앞일이 순간 안개처럼 희미하게 느껴졌다. 이전까지는 가져보지 못한 감정이었다. 앞으로의 일이나 신념에 자신이 없어졌다기보다 삶이라는 것이 예상대로 되지 않을 것이라는 것 안개처럼 번지는 희미함이 늘 삶과 함께하리라는 것을 예감했기 때문이다.

다음 날 눈을 뜨니 윤은 사라지고 없었고 순애는 언제나처럼 흔적도 없었다. 윤숙은 가방을 들고 원래 혼자였던 것처럼 뒤도 돌아보지 않고 집을 나섰다. 그러나 다락 위에 옷장 속에 왠지 순애와 윤이 나란히 앉아 웃으며 손을 흔들지도 모른다는 생각이 잠시 스쳤던 것도 사실이다. 그러나 자신을 보아주는 이가 아무도 없다고 생각하는 편이 윤숙에게는 편했다. 왠지 누군가 자신을 보고 있는 것만 같더라도 여기에는 아무도 없다고 자신은 혼자라고 다짐하듯 말하며 집을 떠났다. 그런데 자꾸만 손을 흔드는 두 사람이, 우습다는 듯 자신을 보며 웃고 있는 두 사람이 등 뒤에서 보이는 것만 같았다.

1949년 하와이를 시찰하던 김말봉은 1950년 한국전쟁이 일어난 뒤 귀국한다. 김말봉은 가족과 함께 고향인 부산으로 피난하였고 당시 피난 온 문인들을 물심양면으로 도왔다고 한다. 물심양면은 물질적인 것이나 정신적인 것이나 그 모든 것을 뜻하니 김말봉은 내어줄 수 있는 것을 모두 내어주며 피난 온 문인들을 도왔다는 뜻이 될 것이다. 이 시대를 그린 작품으로 손에 꼽을 만한 것은 소설가 김동리의 단편 「밀다원 시대」가 있다. 부산 광복동 일대 다방으로 피난 온 예술가들이 모여 괴로워하고 슬퍼하지만 그럼에도 그림을 그리고 시를 쓰고 예술을 이야기하며 살아간다. 김동리는 소설 속 등장인물 중 한 명이 김말봉을 모델로 한 것이라고 밝힌 바 있다. 소설가 김동리를 불신하는 것은 아니나 나는 김말봉이 소설에 그려진 것보다 훨씬 강력한 힘을 지닌 사람이었을 것이라 생각한다. 전쟁이 휴전되고 그렇게 50년대가 지나가고 1961년 김말봉은 폐암으로 사망한다. 1961년에 죽은 김말봉이 4·19 혁명에 대해 어떻게 생각했을지 짐작해보려 하지만 잘 모르겠다. 혼란스럽다고 생각하며 두려워했을지 최인훈처럼 저 빛나는 4월이 가져온 새 공화국에 사는 작가의 보람을 느꼈을지 아마도 이쪽은 아닐 것 같지만 어떠했을지 모르겠다. 나는 김말봉이 부산에서 태어나 공부를 하고자 하였고 서울로 교토로 갔고 부산에서 다니던 학교는 좌천의 언덕을 올라야 하고 그 학교는 교회와 나란히 있다는 것을 생각한다. 가보는 것 아무튼 계속 가보는 것 가보고 걸어보는 것이 좋은 것 같다.

윤숙은 이후 여성들의 교육에 힘을 쓰고 하나님에 대한 믿음을 알리기 위해 최선을 다하는 삶을 살아간다. 집을 떠나온 이후 윤과는 실제로 만난 적은 없었다. 셋이서 나란히 한 이불에 누워 있던 것이 끝이었다. 몇 년 뒤 윤이 일본으로 떠났다는 소식을 들었으나 지인을 통해 들은 소식조차 그것이 마지막이었다.

윤숙은 여학생들의 교육에 힘쓰는 한편 마약에 중독된 여성들을 돕는 일을 계속했다. 한 번도 이러한 종류의 유혹에 빠져본 적 없는 윤숙은 그들을 구하겠다는 진실한 마음은 있었으나 그들의 처지나 상황을 이해할 수는 없었다. 사실 전혀 이해가 되지 않았고 그것이 늘 그와 중독자들을 가로막고 있었다. 윤숙은 그들을 설득하고 설득하다 안 될 때 순애의 이야기를 꺼냈다. 그럴 때면 순애가 어디선가 찾아와 아서요 아서요 언니 하고 말하는 것 같았다. 또 어떨 때는 우습다 우습습니다 언니 하고 말하는 것 같았다.

— 그 순애라는 동생은 지금 어디서 무얼 합니까.

윤숙은 순애가 신랑과 일본으로 갔다고 말했다. 그곳에서 제대로 결혼식을 하고 잘 살고 있다고 합니다. 거기 가서야 제대로 교회에서 결혼식

을 올리고 주님의 뜻 안에서 살아가고 있다고 합
니다. 그런 말을 하고 난 밤이면 크게 잘못한 것 같
다는 생각이 들었다. 잘못이 아니라는 생각도 잠
시 들었으나 그러다가도 역시 잘못이라는 생각을
했다. 그러나 그것은 거짓이 아니다. 거짓은 아니
라고 생각했다. 그리고 자신은 그리하지 않았지만
윤은 가방에 순애를 넣어서 일본으로 갔을지도 모
른다는 생각이 들었다. 윤은 옷과 책 사이 순애를
넣어서 일본으로 향하는 배를 탔을 것이다. 윤은
경도京都에 갔다고 하고 윤숙은 그곳에 아는 목사
님도 있었다. 언젠가 그곳에 가보아야겠다고 일본
쯤이야 배로도 갈 수 있고 미국을 생각하면 멀지
도 않다. 그곳에 가고 그곳의 교회에 가고 미리 편
지를 보내면 윤을 만날 수도 있을 것이다. 윤숙은
그런 생각을 하면 거기에 순애도 있을 것이라는
생각이 아주 잠시 아무 의심 없이 그 순간에는 들
었다. 윤과 순애는 교회를 다니고 순애는 똑똑한
아이니 일본어도 금세 익혔을 것이고 아마 나보다
도 빨리 사람들에게 도움이 되는 새로운 기술들을
익히고도 남았을 것이다. 윤숙은 순애가 할 수 있
었던 것들 분명히 잘해낼 수 있었던 것들을 아주

구체적으로 떠올릴 수도 있었다. 교회에 학교에 또 상점과 기차역에 그곳을 오가는 젊은 여성들을 볼 때마다 윤숙은 순간적으로 맞아 순애도 저런 느낌으로 살고 있을 거야 의심 없이 그런 생각을 하다가 발길을 옮기고는 했다.

그렇게 몇 년이 지났다. 윤숙은 몇 년 전 마음을 먹고 경도에 갔다. 오래 알고 지내던 선교사님과 함께 출발하였다. 가기만 하면 언제라도 윤을 만날 수 있으리라 생각했으나 아는 유학생들을 붙잡고 묻고 다녀도 윤을 만날 수는 없었다. 어디선가 본 적이 있다는 학생은 있었으나 그 사람도 윤이 어딘가 파리한 인상이었고 어두운 사람이었다는 것 말고는 제대로 기억해내지 못했다. 그렇게 시간이 지나자 이제는 순애의 기일도 가물가물하였고 단지 그날에 가깝다고 생각하는 날에 교회로 가 기도를 했다. 조용히 앉아 순애의 안녕과 평안을 빌었다. 그리고 이것은 산 사람을 위한 기도이기도 죽은 사람을 위한 기도이기도 그대로 존재하는 것을 위한 기도이기도 하다고 윤숙은 생각했다. 그리고 윤숙에게 또 윤숙이 사는 세상에 지금 필요한 것이 바로 그 기도라고 기도를 할 때만큼은 그렇게 생각하고는 했다. 그리고 기도를 하는 동안은 순애가 그것이 사람이라고도 무엇이라고도 생각되지는 않았고 공기 같고 바람 같다고만 생각되었지만 근처에 앉아 잠시 머물다 가는 것을 느낄 수 있었다. 윤숙은 그렇게 일 년에 한 번 정도 평소의 자신과는 다른 마음과 상태를 가지고서 그대로 존재하기만 하는 것을 위해 기도를 했다. 그것이 아마 다른 사람들은 모르는 윤숙의 모습일 것이고 언제나 분명하고 정확해 보이는 윤숙이 드러내 보이지 않는 어떤 순간일 것이다.

에세이

✴

늘 한 번은 지금이 되니까

지난 연말 일주일쯤 쉬면서 책에 실릴 소설을 썼다. 그리고 한 달쯤 지나 설 연휴에 이 에세이를 쓴다. 그때나 지금이나 쉬는 것이 좋고 쉬는 날만을 기다리며 지냈다. 연휴를 기다리며 할 일들을 정리하다 보니 긴장한 채로 놓지 않고 일해야 겨우 끝낼 수 있을 정도로 할 일은 쌓여 있다. 그렇게 많은 할 일과 계획 들을 쌓아두었으면서도 왜인지 연휴 전날부터는 손끝부터 스르르 느슨해지는 것이 좋다고 해야 할지 무서울 정도라고 해야 할지 모르겠다. 할 일은 많고 시간은 많고 많지 않더라도 많다고 착각하며 쉴 시간도 더불어 많다고 생각하기 때문에 긴장이 풀리는 것인가 보다. 원래도 뭘 그렇게 긴장하며 살지는 않았지만 말이다.

연말에는 을지로 주변을 자주 걸었다. 그 주변

이 좋았고 매년 조금씩 바뀌고 있어서 몇 년이 지
나면 어떻게 바뀌게 될지 모르겠지만 아직까지는
좋았다. 여러 가지를 기억하고 싶다. 그런데 기억
하지 못하더라도 걷는 순간이 좋았다. 오래된 건
물들을 지나며 저기서 분명히 무언가가 벌어질 거
야 그게 무엇이냐면…… 같은 생각으로 지나치게
들뜨며 걸었다. 어느 날은 세운상가 근처에서 출
발해 동대문역까지 걸었다. 동대문역사문화공원
근처의 중부시장은 종종 들르는 곳인데 걷다 보니
그보다 작은 처음 보는 시장도 보였다. 여기까지
쓰고 그 시장의 이름이 무엇이었는지 떠올려보려
애쓰고 네이버 지도에서 확인을 하며 찾으려 했지
만 생각나지 않는다. 아무튼 처음 가보고 처음 들
어보는 작은 시장이었다. 오가는 사람들은 거의
없었고 식당의 문도 닫혀 있었고 다른 가게 문도
닫혀 있었다. 시장 이름을 페인트로 쓴 오래된 아
치형 표지판만 기억이 난다. 걷는 동안 내년엔 무
얼 하지 오후에 영화를 보려고 하는데 그러면 몇
시쯤 방향을 돌려서 광화문으로 향해야 할까 이런
저런 것들 맘먹으면 금세 해버릴 것 같으면서도
막상 모든 일에는 의외로 시간이 많이 걸린다는

것을 떠올리고 또 그런데 지금까지 어떻게 어떻게 해오기는 했는데 생각하며 길을 걷는다. 이날은 중부시장에 가지 않았지만 중부시장에 가면 찹쌀 도너츠를 사 먹어야 한다.

김말봉을 실제로 만났으면 왠지 쓸데없는 생각이나 한다고 혼났을 것 같기도 하고 혹은 그 사람은 나를 격려했을 것 같기도 하다. 그것은 그 사람이 한국 최초의 여성 장로이며 공창제 폐지 운동을 한 사람이라는 것을 떠올릴 때 드는 생각이다. 그런 생각만 드는 것은 아닌데 김말봉이 도시샤대학을 나왔다는 것을 떠올리면 교토의 거리를 걷는 그를 떠올리게 된다. 나도 교토에 가면 도시샤대학 근처에서 자주 묵었고 교토는 도시 풍경이 왠지 쉽게 변하지 않았을 것 같으니 김말봉 역시 내가 본 적 있는 교토의 낮은 지붕 아래를 걷고 강가를 걸었겠지 혹은 나 역시 김말봉이 본 것을 보았겠지 생각하게 된다. 사진으로 본 정지용은 어쩐지 유약한 인상인데 음 김말봉에게 혼나고 챙김받으며 학교를 다니지 않았을까 김말봉에게 조금 거역하고 싶다가도 그럴 수 없었을 거야 그런 생각도 들었다. 지금이 지금이 아니라면 우리가 조금 다른 시기 다른 세계에서 살았다면 '김말봉에 대해 쓰다 보니 교토에 가고 싶어졌다. 나는 무덥다고 악명이 높은 교토의 여름도 싫어하지는 않는데 여름에 교토에 가 도시샤대학 주변을 걸어볼까 한다. 김말봉도 정지용도 그리고 윤동주도 이곳을 스쳐 지나갔다' 어쩌구 하는 말이 자연스럽게 술술 나올 것이다. 그런데 지금은 지금이고 우리는 우리가 지나왔던 것들 겪었던 것들 혹은 가보지 못하고 만져보지 못했지만 자주 떠올렸던 것들을 집중하여 머리 한곳에서 만나게 해야 한다. 그런 방식으로 가모가와에 서 있고 음 덥네 생각하고 그런데 여기서 김말봉이 떠오르지는 않는다. 가능한 건 윤동주 정도일까 그것도 쉽지 않네. 그것을 반복하다 보면 지금을 가볍게 빗겨나간 지금이 (시간은 늘 한 번은 지금이 되므로) 아 맞아 내가 2022년 연초부터 해외에 못 가는 상황을 그런 식으로 썼구나 생각하며 그러나 나는 지금 교토인데 교토에 결국 왔네 생각하며 조금은 신나하고 조금은 복잡한 마음을 하고 가모가와에 서 있는 나를 보고 있다.

그보다 쉬운 것이 있다. 할 수 있는 것은 이런 것

인데 설 연휴가 지나고 다음 주말쯤 부산에 가고 부산역에서 내려 부산역 초량역 부산진역을 지나 좌천역까지 걷는다. 힘이 들면 초량 정도에서 지하철을 타도 된다. 그리고 언덕을 올라 부산진일 신여학교 앞에 서는 것 부산진교회에 가만히 앉아 있는 것 그런 것을 할 수 있다. 그리고 그것을 가까운 시일 내에 해볼 것이다. 김말봉이라는 학생은 아마도 정말로 의욕과 의지가 있었을 것이다. 열심히 배우고자 했을 것이다. 그렇게 학교를 졸업하고 일본에서 대학을 졸업하고 이때도 아마 열심히 신앙생활을 하고 새로운 것을 열심히 배우고자하였을 것이다. 그의 이력만 보고 간단히 착각해버리는 것일지 모르겠지만 윤숙과 순애에게서 내가 느꼈던 것이 의욕과 의지이니 착각이라고만은 할 수 없을 것이다. 그런 생각을 하며 길을 걷다가 다시 돌아와서는 방금 걸으면서 잠깐 스쳐 지나갔던 생각을 쏟아붓기 위해 커피를 마시고 녹차를 마시고 물을 마시고 사탕을 먹고 스트레칭을 하며 소설을 쓴다. 쏟아붓는 것은 어렵고 그게 늘 가능하지는 않아서 그때그때 열심히 해보려고 한다.

동대문을 향해 걷다 보니 흥인지문 공원이 나왔

고 공원에는 나 외에는 방금 공원을 내려가는 할
머니 두 분이 다였다. 여기가 흥인지문 공원이구
나 나는 한양도성에 관한 설명을 읽다가 언덕을
따라 오르고 무언가 서울이 눈앞에 펼쳐질 것만
같아 가만히 서서 멀리 바라보았는데 이걸 서울이
눈앞에 펼쳐진 것이라 볼 수도 있겠지만 기대처
럼 탁 트인 느낌은 아니었고 그냥 주변이 보이는
정도였다. 그래도 공원을 걷는 것은 좋았고 또 가
보고 싶었다. 공원을 내려와서는 베트남 음식점에
가서 혼자서 음식을 두 개 주문했다. 식당에는 외
국인들뿐이었고 내 옆 테이블은 어학교 모임 같은
것인지 다양한 나라의 사람들이 모여 대체로 영어
로 가끔은 한국어로 이야기를 하고 있었다. 음식
이 많고 접시는 커다랬고 맛은 왜인지 기억이 나
지 않고 그런데 그럭저럭 잘 먹었던 것 같고 커피
를 마시고 싶다고 생각하면서 식당을 나와 광화문
을 향해 걸었다. 한 해의 마지막 날이었었나 그 전
날 아니 그 전날이었나 아무튼 연말이었고 거리에
는 사람들이 별로 없고 광화문은 한적하고 극장
에는 사람들이 더 없었다. 영화는 좋았고 나도 좋
은 것을 해야지 굉장히 좋은 것 아 이런 것이? 하

는 것을 해야지 생각하며 극장을 나와 또 걸었다. 커피를 마시긴 마셨을 텐데 커피를 마시는 시간은 어디에 접혀 있는지 기억이 나지 않는다.

아무튼 그런 연말을 보내고 설 연휴가 되었다. 연휴의 끝 무렵이고 내일이면 출근을 해야 하고 그 생각을 하면 벌써 막막하고 조금 슬프다. 외식을 하고 싶고 모르는 곳에 가보고 싶다. 집에서 맛있는 것을 많이 먹었지만 밖에서 뭔가를 사 먹고 싶고 새로운 공기를 마시고 싶다고 생각한다. 이 기분도 내일이면 사라지고 멍하게 어딘가에 뒤섞여 날아오는 공을 받지는 못하고 받는 것 비슷한 것을 하다 보면 시간이 지나고 겨울옷을 정리하게 되겠지. 며칠 전에는 착각인지 봄 냄새를 맡았다.

연말과 연초와 연휴의 시간을 보내는 동안 종종 생각했던 것은 내가 자주 가던 부산에 익숙한 그 동네에 김말봉이 오래 살았다는 것 그리고 서로 다른 세 작가가 교토에서 머물렀다는 것 그중 둘은 같은 시기에 학교를 다녔다는 것. 그런 식으로 여기 누군가가 살았다는 것 스쳐 지나갔다는 것을 한순간 강하게 의식하다가 자 이제 일어나야 할 시간이야 물을 마시고 옷을 입어야 해 나가야

해 하기로 한 것을 하자 생각했다. 혹은 외출을 하고 돌아와 자 이제 씻고 무엇이든 써야 해 예외는 없어 방금 생각한 것 생각한 것이라 착각한 것을 쓰자 그런 생각을 했다. 그런 식으로 연말과 연휴 사이 한 달을 걸친 시간이 지나갔고 2021년이 지나갔고 이걸 쓰고 있는 지금에야 2021년이 완전히 지나간 것 같다. 이제 다시 일어나서 옷을 입고 나가야 한다. 그럴 시간이다.*

---

* 이 에세이는 2022년 2월에 작성되었다.

해설

*

인간의 탄생과 소멸, 그리고
구원의 서사
—김말봉과 박솔뫼의 소설을 읽고

박서양
(문학평론가)

한국 최초의 여성 장로로 알려진 이력이 증명하
듯, 김말봉의 작품 세계는 기독교적 이념에 그 근
간을 두고 있다. 어릴 적부터 기독교 학교에 다니
며 선구적인 교육을 받은 그의 작품에는 그가 삶
속에서 종교와 인간, 그리고 시대와의 관계를 어
떻게 느끼고 고민하였는지가 여실히 드러난다. 그
의 시선은 일부일처제하에서 남성 인물의 부도덕
한 행태를 유쾌하게 꼬집거나(「고행」), 낭만적 사
랑에 대한 판타지를 스스로 깨뜨리는 여성 인물을
등장시키며(「편지」), 스스로를 구원의 주체로 상정
하는 인물의 입을 빌려 구원의 의미에 대해 묻는
다(「망명녀」).

1. 기도하는 남성과 구원의 향방: 「고행」

근대 이전의 가족 질서에서 남성에게는 첩을 두는 것이 허용되었으나, 19세기 후반 기독교의 전파와 함께 일부일처제가 근대의 혼인 윤리로서 수용된다. 자유연애사상과 일부일처제는 조혼과 축첩 등 당시의 봉건적 가족제도에 저항하는 것으로 등장하였지만, 실제 여성의 삶은 여전히 가부장제의 인습에서 벗어나기 어려웠다. 「고행」은 이와 같이 혼인과 가족제도를 둘러싸고 전통과 새로운 풍조 사이의 갈등이 벌어지던 시기에, 아내가 아닌 다른 여성과 살림을 차리면서도 아내와의 결혼 생활을 유지하고자 하는 한 남성의 착종된 욕망을 보여준다.

그는 현모양처인 아내 정희와 슬하에 어린 아들을 두고 있으며, 경제적으로 부유하고 안정적인 가정생활을 영위한다. 그러나 한편으로 그는 첩인 미자와 함께 집 근처에 살림을 차리고 심지어 정희에게 미자를 동생으로 소개까지 시켜주는 부도덕한 행태를 보인다. 그는 성적 쾌락을 추구하기 위해 기생이었던 미자를 자신의 첩으로 삼는 한

편, 낭만적 사랑의 결실로서 안온한 가정을 유지
하기 위해 자신의 아내를 기만하는 일을 서슴지
않는다. 소설의 도입부는 그런 주인공 남성이 아
내와 정부 사이에 이중 약속이 잡혀버린 문제적
상황으로 시작한다.

미자와 지내느라 "집에서 저녁을 먹은 지가 벌
써 나흘이 넘"게(56쪽) 되자, 그는 그간 소홀했던
아내 정희와 함께 활동사진을 보러 가기로 약속한
다. 그러나 미자가 자신의 오랜 경쟁 상대인 최와
함께 있다는 소식을 듣고 질투심을 느낀 그는 회
사 일이 생겼다는 핑계를 대고 미자의 집으로 급
하게 향한다. 그러니 이제부터 그에게 닥칠 고역
은 그 스스로가 자초한 것이라고 말할 수밖에 없
다. 마치 남편이 거기 있을 것이라 짐작이라도 한
듯 아내는 갑작스레 미자의 집으로 찾아오고, 그
는 엉겁결에 벽장 속으로 기어 들어가 좁고 밀폐
된 공간 안에서 불편한 자세로 숨게 된다. "고개를
두 손으로 받치고 무릎을 꿇고…… 흔히 예배당에
서 경건한 신도가 꿇어 기도하는 자세를 생각하면
됩니다."(69쪽) 이러한 묘사는 작품의 제목인 '고
행'의 사전적 정의가 '스스로 신체에 고통을 주는

종교적 수단'이라는 사실을 상기시키는 동시에, 그가 바라는 구원이란 기실 자신의 성적 방종이 초래한 난처한 상황으로부터의 모면일 뿐이라는 사실을 우스꽝스럽게 형상화한다.

나는 본래부터 미신을 배척하고 신을 부인하던 터이라 어디다 빌 곳이 없습니다. 그러나 설마 나를 사랑하시던 내 아버지의 혼백에게야…… 나는 눈을 감고 아버지를 불렀습니다. 그러나 나는 관을 쓰고 지팡이를 끌고 나오는 아버지의 환영을 보자 입을 다물어버렸습니다.

"이 자식, 이게 무슨 꼴이냐 꼴이……"

아버지의 호령이 귓가에 들립니다. 나는 아버지에게 빌기를 단념하고 살아 있는 내 아내를 향하여 맘속으로 빌고 빌었습니다.(76~77쪽)

아내와 미자는 문밖으로 나갔습니다. 나는 벽장문을 열어젖히고 상반신을 방바닥에 내놓았습니다. 이때에 바로 내 아내는 나를 강도에게서 구원한 구주였습니다. 아내가 떠난 지 십 분이 못 되어 나는 집으로 왔습니다. 문을 여는 아내의 등에 업혀 있는 용주가 가끔 느끼며 잠이 드는 모양입니다.

나는 아내와 아들을 한꺼번에 안고 언제까지나
언제까지나 울었습니다.(87~88쪽)

비록 작품에서의 구원이 진정한 종교적 의미를
띠는 것은 아니지만, 벽장 속 남성이 누구에게 어
떤 방식으로 구원받는가에 대해 살피는 것은「고
행」이 갈등을 어떻게 봉합하고 있는지의 문제와
도 연관된다. 벽장에 갇혀 옴짝달싹 못 하는 상황
에서 그는 자신의 문제를 해결해줄 초월적 존재를
강렬히 원한다. 그러나 그 순간 등장한 아버지의
환영은 가부장의 권위에 부합하지 않는 아들의 옹
색한 모습을 호통하고 사라질 뿐이다. 오히려 그
에게 구원의 순간은 아내가 미자의 집을 떠날 때
찾아오는데, 이를 통해 소설이 전개되면서 유발된
긴장감 역시 홀연히 가라앉는다. 작품의 결말에서
남성은 표면상 자신이 고난으로부터 구원받았다
고 여기지만, 그가 벽장 안에 갇혀 바깥의 정황을
바라볼 수 없었다는 것은 그의 서술에 신빙성을
떨어뜨리는 지점으로 작용한다. 예컨대 박산향이
지적하듯, 아내가 "벽장 속에 무엇이 들어 있는 것

을"(85쪽) 알아차리고 "미간은 좀처럼 펴지지 않"
았다는(76쪽) 대목에서 사실 아내가 남편이 처한
상황을 알고도 그것을 일부러 모른 척하였음을 짐
작할 수 있는 것이다.* 이를 통해 「고행」은 한 남
성이 맞는 감격스러운 구원의 장면 뒤에 남겨진 무
수한 현실적 문제들의 존재 가능성을 열어놓는다.

2. 낭만적 사랑의 실낙원: 「편지」

「편지」는 낭만적 사랑과 일부일처제라는 새로
운 혼인 담론이 확산하던 시기에 여성 인물이 적
극적인 행위자로 존재하는 양상을 흥미롭게 그려
낸다. 얼마 전 남편이 폐렴으로 사망한 뒤 은희는
생전에 그가 자신에게 주었던 애정을 반추하며 홀
로 남은 삶을 살아간다. "가버린 남자의 완전무결
에 가까운 그 인격, 그 애정을 추억하는 것"(94쪽)
만이 그녀가 남편의 부재를 견디는 방식이다. 그
런데 여기서 은희는 죽은 남편을 그리워하는 만

---

* 박산향, 「김말봉 단편소설에서의 웃음의 미학: 「편지」, 「고
행」을 중심으로」, 『한국문학이론과 비평』, vol.18, no.3, 2014,
pp.210~227.

큼, 그로부터 받았던 애정이 아무런 결점도 존재하지 않는 "티 없는"(95쪽) 것임을 강조하고 있다. 은희가 사랑하는 것은 자신의 남편인 동시에 그의 완전무결한 사랑을 통해 가정이 유지되고 있다는 환상인 것이다. 서로에게 유일한 두 남녀가 결혼을 통해 평생 함께한다는 낭만적 사랑의 판타지는 은희의 이상으로 추구되는 것이며, 그러한 흠 없는 애정은 차라리 남편의 죽음을 통해 완성된다고 할 수 있다.

그러던 중 은희의 집으로 한 통의 편지가 도착한다. 편지 속 인물은 그녀의 남편에게 부족한 학비를 보내달라고 요청하며 그의 아내가 마음에 걸린다고 말한다. 발신인의 이름이 '인순'이라는 점을 미루어 은희는 편지를 보낸 이가 여학생일 것이라 추측하고, 이후 그녀는 남편과 인순 사이에 벌어졌을 외도에 대한 서사를 적극적으로 만들어낸다. 당시 여학교에 다니며 근대적 교육을 받은 신여성 중에는 자유연애사상에 영향을 받아 유부남과 연애하여 첩이 되는 경우가 있었다. 은희의 히스테릭한 의심은 이러한 당시의 상황과 무관하지 않지만, 동시에 그녀 자신에게도 낭만적 사랑

155

과 '스위트 홈'에 대한 이상을 파훼하고자 하는 욕
망이 있기에 발생하는 것이다. 낭만적 사랑의 환
상이 지속되기 위해서는 상대방을 기만해서는 안
된다는 금기가 지켜져야 한다. 그러나 은희가 받
은 한 통의 편지는 그녀가 이러한 금기를 도착적
으로 향유하도록 만드는 기제가 되는 것이다. 급
기야 그녀는 남편을 가장한 편지를 써 인순을 집
으로 부르기까지 하는데, 이는 은희로 하여금 "마
치 꿀을 섞어 겨자즙을 먹는"(101쪽) 것 같은 상쾌
한 기분을 느끼게 한다. 낭만적 사랑의 이상과 판
타지가 그녀 안에서 훼손될수록 은희에게는 심리
적 만족이 형성되는 것이다.

　은희는 터져 나오는 울음을 막을 듯이 손수건으
　로 두 눈을 쌌다.
　뜨거운 눈물은 은희의 양사 손수건을 적시고도
　그의 홀쭉한 턱 아래로 방울방울 굴러떨어졌다.
　그러나 이것은 결코 은희가 남편의 결백이 증명
　되었다는 의미에서 새삼스럽게 남편을 추모하여
　우는 것은 아니었다.
　은희는 갑자기 자기가 인간으로 생겨났다는 것이

견딜 수 없이 슬퍼진 것이다. 이렇게까지 슬프고 부끄럽고 천박한 동물은 인간이란 것밖에 또 어디 있으랴 하고 생각한 까닭이다.(104쪽)

하지만 은희의 편지를 받은 인순이 집에 방문하면서 그녀의 의심은 사실이 아니었음이 드러난다. 그러나 주인공이 진실을 알게 되는 이 지점에서, 소설은 은희가 남편의 무결한 사랑을 다시금 확인하며 가족 윤리로 돌아가는 결말을 택하지 않는다. 오히려 은희가 깨달은 것은 자신이 가지고 있던 낭만적 사랑에 대한 믿음이 완벽할 수 없다는 사실이자, 그녀 자신이 더 이상 그 환상을 구성하는 일부분이 될 수 없다는 사실이다. 은희는 낭만적 사랑이라는 낙원에서 스스로를 추방시킨 주체이며, 이제 그녀는 환상이 사라진 텅 빈 자리에서 솟아나는 수치심과 슬픔을 마주해야 한다. 이렇듯 그녀가 이전과는 다른 자기 자신으로서 새로 시작하는 자리에 위치해 있다는 사실은 멀리서 들려오는 닭 우는 소리로 형상화된다. 「편지」는 작중 인물의 전략적 측면과 심리를 흥미진진하게 묘파하면서 인간이 죄의식과 수치심을 느낄 때 비로소

인간으로 탄생한다는 기독교적 인간관의 출발점
에 한 여성을 세운다.

3. 타락과 구원의 변증법: 「망명녀」

김말봉의 등단작 「망명녀」는 기생으로 살아가
던 순애가 사회주의 운동가로 변모하는 과정을 그
리며 인간에 의한 구원의 길을 모색한다. 산호주
라는 이름으로 유곽에서 일하는 순애는 어느 날
손님으로부터 폭행을 당하게 되고, 옛 벗인 윤숙
의 도움을 받아 기생의 삶을 청산한다. 윤숙이 순
애를 구출하는 과정에서 우연성이라는 장치가 활
용되는 점은 이 작품이 지닌 통속성이자 한계로
지적되어 왔다. 그러나 이러한 우연성은 절대자로
서의 신이 아니라 인간을 의지한 구원의 길을 모
색하는 과정에서 불가피하게 동반되는 소설적 요
소로 볼 수 있다. 윤숙의 도움을 받아 이후 순애는
모르핀을 끊고 교회에 다니는 등 조금씩 인간적인
삶을 회복하며, 사회주의 운동에 투신하는 등 변
화의 길을 걷게 된다.

"'그렇다면 예수가 죄인을 위하여 죽었단 말을 어떻게 믿을 수가 있습니까? 만약 예수가 참말 회개하는 자를 구원하신다면 학교니까 그 애를 용서하는 것이 마땅한 줄로 압니다.' 이렇게 지르니까 민 교감은 뿌린 씨는 자기가 거둬야 된다느니, 하나님은 영혼을 구원하여 주시되 육신으로는 죗값을 갚아야 한다는 둥 하나님은 자비하시지만 또한 공평한 하나님이시라는 둥, 자기 웅변에 취하여 이러한 설교를 한참 하고 끝으로 너는 학교 당국에서 하는 일에 입을 벌리지 마라 하는 최후의 명령을 하지 않느냐. 나는 어처구니가 없어서 그냥 내 방으로 돌아오고 말았단다."(27~28쪽)

윤숙에게 선물을 하고 싶었지만 가진 돈이 없었던 순애는 C여학교를 운영하는 K부인의 지갑에서 그만 돈을 훔치는 잘못을 저지르게 된다. 그녀의 절도 사실을 알게 된 김 선생은 "네 영혼을 구원하기 위하여 자백을 하여라"(24쪽)라고 순애를 종용한다. 이후 순애는 C여학교에서 퇴학당하며 아버지 역시 K부인의 개인교사였던 자신의 자리를 내려놓게 된다. 이로 인해 그녀는 아버지를 대신하

여 가족을 부양하기 위해 기생이 되기를 선택한
것이다. 기생이 된 순애가 스스로를 타락한 존재
로 여기게 된 결정적인 계기는 바로 자신의 죄를
고백하여 영혼의 구원을 얻어야 한다는 김 선생
의 요구 때문이었다. 또한 인용문은 민 교감과 윤
숙이 순애의 거취를 놓고 대립하는 장면으로, 기
실 민 교감은 신과 구원에 대한 믿음을 자기 편의
를 위해 활용하고 있을 뿐이다. 이 대목을 통해 독
실한 기독교 신자였던 김말봉이 한편으로는 그러
한 기독교 정신을 작품에서 비판적으로 소설화하
고 있음을 확인할 수 있다.

나같이 더럽혀지고 가엾은 시체 같은 몸이 윤 선
생님같이 높고 깨끗한 어른의 배우자가 된다는
것은 너무도 부자연하지 않는가, 과연 이것이 참
이냐 꿈이냐, 오냐 지나간 나는 영원히 매장하여
버리고 이로써 새로운 생활의 용사가 되자. 나는
이렇게 스스로 맹세를 하고 자리에서 일어났습니
다.(44~45쪽)

윤숙의 오랜 연인이자 사회운동가인 윤을 알게

된 순애는 그의 열정적인 모습과 사상에 감화되고
나아가 그를 향한 사랑을 느낀다. 그러나 순애는
결국 윤과의 결혼을 포기하고 그를 다시 윤숙에게
보내는 것이 옳다는 결정을 내리는데, 이는 순애
자신이 스스로 더럽혀지고 타락한 존재이기 때문
이라는 논리로 정당화된다. "이때이다. 이 기회이
다. 나도 사람이다"(47쪽)라고 생각하는 대목에서
는 그가 공동체를 변화시키기 위한 결단과 그것의
실천을 통해 진정한 인간으로 나아가고자 함을 알
수 있으며, 그녀가 봉천행 기차에 홀로 몸을 실었
다는 점은 순애가 구원에 대한 주체로 자기 자신
을 상정하고 있음을 보여준다. 요컨대 순애가 자
기구원을 향한 믿음으로 나아가는 과정에서 그녀
가 생각하는 자신의 타락은 구원을 추동하는 원동
력으로 작동하며, 이렇게 타락과 구원은 상호연루
적인 관계를 맺는다.

4. 기도를 통한 애도: 「기도를 위하여」

몸과 영혼 사이의 관계는 유구한 신학의 관심
사였으며, 기독교는 인간이 소모적인 속성을 가

진 육체와 죽지 않고 영원히 살 수 있는 영혼으로 구성돼 있다고 본다. 「망명녀」의 뒷이야기를 이어 쓴 「기도를 위하여」는 바로 이러한 관점의 영육관을 반영하여 삶과 죽음 사이에 놓인 어떤 낯설고 끈끈한 점이지대를 그려낸다. 박솔뫼의 작품 속에서 산 자와 망자 사이의 경계가 흐려지는 세계가 등장하는 것은 독자에게 그리 낯설지 않게 다가온다. 다만 『머리부터 천천히』와 같은 작품이 죽거나 상실된 존재들이 어딘가에 살아 있는 다른 공간을 조명한다면, 「기도를 위하여」에서는 죽은 순애의 영혼이 작중 현실 세계로 직접 귀환하는 방식을 취한다. 「망명녀」의 마지막 장면에서 사회운동에 투신하기 위해 봉천행 열차에 몸을 실은 순애는 「기도를 위하여」에서 옥고를 치른 여파로 그만 목숨을 거두게 된다. 그러나 윤과 윤숙, "두 사람의 그러니까 언니의 사랑과 당신의 안타까움"(121쪽)으로 인해 순애는 그들 앞에 다시 모습을 드러낸다. 여기서 순애의 형상은 부재도 현존도 아닌 그 사이의 어떤 것으로 나타나지만, 윤숙은 순애의 "부드럽고 둥근 가슴"(127쪽)을 촉각적으로 분명하게 느낄 수 있다. 또한 순애는 자신이 기생 시절

즐겨 부르던 노래를 다시 들려줄 수 있을 만큼 죽기 이전의 그와도 존재론적 지속성을 갖는다.

> 윤숙이 일을 마치고 집에 돌아올 때면 윤이 누군가와 이야기하는 듯 낮게 말하는 목소리가 들리고 윤숙은 영혼이란 무엇일까 순애를 아끼는 동시에 신에 대한 믿음에 조금도 의심이 없는 자신을 잠시 강하게 느끼고는 했다. 사랑하는 순애는 순애 자신으로 지금 존재한다. 하나님은 우리를 보살피시고 나는 언제나 그분의 말씀에 따를 것이다. 이때 이렇게 생각하는 윤숙에게 모순은 없었다.(125쪽)

하지만 순애와의 애틋한 재회도 잠시, 윤숙은 자신이 바라는 계몽운동을 실천하기 위해 부산으로 떠나야겠다고 마음먹는다. 순애는 자신을 가방에 넣어가라는 농담을 건네며 서운한 기색을 내비치지만, 그럼에도 윤숙은 홀로 부산을 향해 떠나게 된다. 이렇게 본다면 윤숙과 순애가 결별하는 이유는 순애의 죽음 때문이 아니라, 두 사람이 서로에게 고유하고 개별적인 타자이기 때문에 각자의 행로가 다를 수밖에 없다는 당연하면서도 서글픈 사실에 기인한다. 순애와 작별한 이후 윤숙은 "순애가 할 수 있었던 것들 분명히 잘해낼 수 있었던 것들"(136쪽), 그리고 순애의 삶에서 일어날 수도 있었을 가능성들에 대해 떠올리면서 그녀를 위한 기도를 시작한다. 이는 순애에 대한 기억을 간직하는 행위인 동시에 순애의 삶이 품고 있었던 모종의 가능성을 보호하는 행위다. 이렇듯 타인의 가능했을지도 모르는 삶을 떠올리는 일을 통해 소설은 잠재성의 세계로 문학적 가지를 확장시킨다.

가끔 이 사람과 저 사람이 같은 곳에 있었다는, 드문 일도 아니고 의외로 자주 벌어지는 그러한 일들이 새삼스럽게 다가올 때가 있다.(123쪽)

나는 김말봉이 부산에서 태어나 공부를 하고자 하였고 서울로 교토로 갔고 부산에서 다니던 학교는 좌천의 언덕을 올라야 하고 그 학교는 교회와 나란히 있다는 것을 생각한다.(133쪽)

「기도를 위하여」는 윤숙과 순애의 이야기와 부

산을 걷는 화자의 시점에서 전개되는 이야기를 교
차시키며 서술하는 구성을 취한다. 윤숙과 마찬가
지로 '나' 역시 부산의 구도심을 산책하면서 옛 사
람들이 걸었을 길과 그들이 살았을 삶의 모습을
떠올린다. 다른 역사적 시간을 살았던 이들과 같
은 공간에 있다는 어렴풋한 느낌은 '나'로 하여금
어딘가를 향해 계속 걷도록 만드는 동력이 된다.
부산의 골목을 걸으면서 그곳에 있었을 누군가를
떠올리기, 그리고 다시 걸어가기. 이러한 움직임
은 역사와 현재라는 동떨어진 두 시간대를 서로
뒤섞이고 공존하도록 만들면서 다른 시공간의 층
위를 생성하며, 소설은 이러한 연결과 확장을 문
학적 행위의 대상으로 긍정한다. "가보는 것 아무
튼 계속 가보는 것 가보고 걸어보는 것이 좋은 것
같다."(133쪽)

　우리가 일상 속에서 마주치는 낯선 타인과의 접
촉은 우연적인 것이며, 그 짧은 스침은 대개 시간
이 흐르며 잊히곤 한다. 그러나 그러한 우연한 만
남이 불러일으키는 생소한 느낌을 하나의 의미 있
는 사건으로 포착하는 것은 인간의 의지가 개입된
필연적인 일이다. 박솔뫼의 소설에서 부산은 부산

미문화원 방화사건이 벌어졌던 도시이자(「농구하는 사람」), 고리 원자력 발전소 사고가 일어난 이후의 폐허로 그려지며(「겨울의 눈빛」), 무엇보다 단지 인물들이 거리를 배회하고 밥을 먹으며 문득 누군가를 떠올리는 공간으로 존재한다. 그러나 「기도를 위하여」에 등장하는 부산은 박솔뫼의 여느 부산과 조금은 다른 결을 갖는 부산일 것이다. 그곳은 작가가 김말봉의 삶의 흔적을 따라 걸으면서 생겨난 부산이며, 김말봉 소설에 등장한 기독교적인 모티프와 조우하며 확장된 문학적 세계로서의 부산이기 때문이다. 익숙한 거리에서 낯선 풍경을 다시금 발견하는 일. 그를 통해 세계에 대한 감각을 새로이 갱신하는 데에 산책의 즐거움이 있다면, 바로 여기 김말봉과 박솔뫼의 세계를 따라 천천히 오래 걷는 기쁨이 도착해 있다.

기도를 위하여

초판 1쇄 2024년 1월 25일

지은이 김말봉, 박솔뫼 | **펴낸곳** 작가정신
펴낸이 박진숙 | **펴낸곳** 작가정신
편집 황민지 | **디자인** 이현희 | **마케팅** 김영란
재무 이수연 | **인쇄 및 제본** 한영문화사
표지 및 본문 디자인 석윤이

주소 (10881) 경기도 파주시 회동길 216 2층
대표전화 031-955-6230 | **팩스** 031-955-6294
이메일 editor@jakka.co.kr | **블로그** blog.naver.com/jakkapub
페이스북 facebook.com/jakkajungsin
인스타그램 instagram.com/jakkajungsin
출판 등록 제406-2012-000021호

ISBN 979-11-6026-336-7 03810